LOUIS GAUTHIER

Louis Gauthier est né à Montréal en 1944. Il a fait des études en philosophie, puis il a travaillé, le plus souvent à la pige, comme rédacteur ou comme concepteur publicitaire. Ses trois premiers romans ont paru aux Éditions du Cercle du livre de France : *Anna* en 1967, *Les aventures de Sivis Pacem et de Para Bellum, tome I* en 1970 et *Les grands légumes célestes vous parlent* en 1973. Ensuite il a publié, chez VLB Éditeur, *Souvenir du San Chiquita* en 1978, *Voyage en Irlande avec un parapluie* en 1984 et *Le pont de Londres* en 1988. Tous ces livres ont été réédités en format de poche dans BQ où est parue également, en 2001, l'édition originale des *Aventures de Sivis Pacem et de Para Bellum, tome II*. En 2002, Louis Gauthier a publié aux Éditions Fides *Voyage au Portugal avec un Allemand*, qui lui a valu le Grand Prix littéraire de la Ville de Montréal. Louis Gauthier habite toujours Montréal et il y travaille comme traducteur.

SOUVENIR DU SAN CHIQUITA

Une histoire d'amour, un complot politique, un trafic de drogue qui a mal tourné ? Une histoire complexe en tout cas, qui emmêle ses fils entre Montréal et la république imaginaire du San Chiquita. Le narrateur, un jeune Québécois prénommé Louis, tombe follement amoureux d'une mystérieuse jeune femme rousse que le hasard (mais est-ce bien le hasard ?) a mise sur son chemin. S'ensuivront un vol dans une ambassade et une fuite vers cet improbable pays d'Amérique centrale, le San Chiquita, où Louis, devenu Luis, aura fort à réfléchir, bousculé par une multitude d'informations et de rencontres dont il ne réussit pas à percevoir le sens. Entraîné par un destin qui ne lui ressemble pas, il finira par se rendre compte que la raison n'a peut-être pas le monopole de la vérité et que la vie lui réserve encore bien des surprises.

D1498787

SOUVENIR DU SAN CHIQUITA

DU MÊME AUTEUR

Anna, Montréal, Cercle du livre de France, 1967 ; Montréal, BQ, 1999.

Les aventures de Sivis Pacem et de Para Bellum, tome I, Montréal, Cercle du livre de France, 1970 ; Montréal, BQ, 2000.

Les grands légumes célestes vous parlent, précédé de *Le monstre-mari*, Montréal, Cercle du livre de France, 1973 ; Montréal, BQ, 2002.

Voyage en Irlande avec un parapluie, Montréal, VLB Éditeur, 1984 ; Montréal, BQ, 1999.

Le pont de Londres, Montréal, VLB Éditeur, 1988 ; Montréal, BQ, 2000.

André Moreau, un génie méconnu, entretiens, Montréal, Éditions des Intouchables, 2001.

Les aventures de Sivis Pacem et de Para Bellum, tome II, Montréal, BQ, 2001.

Voyage au Portugal avec un Allemand, Montréal, Éditions Fides, 2002.

Louis Gauthier

Souvenir
du San Chiquita

Nouvelle édition

BIBLIOTHÈQUE QUÉBÉCOISE

BQ BIBLIOTHÈQUE QUÉBÉCOISE est une société d'édition admi-
nistrée conjointement par les Éditions Fides, les Éditions
Hurtubise HMH et Leméac Éditeur. BIBLIOTHÈQUE QUÉBÉ-
COISE remercie le ministère du Patrimoine canadien du soutien qui lui
est accordé dans le cadre du Programme d'aide au développement de
l'industrie de l'édition. BQ remercie également le Conseil des Arts du
Canada et la Société de développement des entreprises culturelles du
Québec (SODEC).

BIBLIOTHÈQUE QUÉBÉCOISE bénéficie du Programme de crédit d'impôt
pour l'édition de livres du Gouvernement du Québec, géré par la SODEC.

Conception graphique : Gianni Caccia
Typographie et montage : Dürer *et al.* (MONTRÉAL)

Données de catalogage avant publication (CANADA)
Gauthier, Louis
Souvenir du San Chiquita : roman
Éd. originale : Montréal-Nord, VLB, c1978.
ISBN 2-89406-198-6

I. Titre.

PS8563.A86S69 2003   C843'.54   C2003-940032-8
PS9563.A86S69 2003
PQ3919.2.G38S69 2003

Dépôt légal : 1er trimestre 2003
Bibliothèque nationale du Québec

IMPRIMÉ AU CANADA EN MARS 2003

Pour Julie

Et c'est ainsi qu'un certain 11 octobre 1492, Christophe Colomb, parti à la recherche du Cipangu et de ses montagnes d'or, des Indes et de leurs épices, rencontra sur son chemin une île minuscule de l'archipel des Bahamas, et sans le savoir, par inadvertance, découvrit l'Amérique.

P. Chaunu
Histoire de l'Amérique latine

I

Oui, je commence tranquillement à comprendre ce qui est arrivé. Ça s'éclaire, peu à peu, les détails insignifiants, les détours inutiles, les phrases banales, le temps perdu. Ça se simplifie ou, plus exactement, j'accepte de mieux en mieux d'être en retard, pour toujours en retard, sur ce qui se passe, de suivre quelque chose qui me précède, de ne ramasser que le plus gros des jours ; et je souffle sur leur poussière scintillante, celle que je ne peux retenir, qu'elle retourne là d'où elle vient, étoiles minuscules de quartz ou de mica (souffle libérateur, ce n'est pas à moi de porter le poids de l'univers).

Oui, ça s'ordonne, ça se clarifie. La passion. C'est cela que je voulais, la passion. Le feu, la brûlure et la souffrance. Sans rien comprendre, sans rien deviner ; après, après seulement se dire que cela *devait* arriver. Quelle folie. Que d'efforts pour en arriver là, que d'acharnement, volonté tendue dans un seul et unique but : se détendre.

Dehors, le soleil éclate. Je n'avais jamais vu autant de lumière, ça jaillit, ça sort de partout, ça se répercute sur les murs blancs, sur la mosaïque du patio, c'est comme si la matière même du monde en était fabriquée. À l'heure de la sieste, on arrive à peine à trouver des coins d'ombre, en fermant soigneusement les persiennes, en tirant bien la porte derrière soi ; il reste toujours des rais puissants qui s'infiltrent et traversent l'obscurité (le projecteur quadruple au sommet de la Place Ville-Marie, tournant comme les ailes d'un moulin à vent, dans la nuit noire de février, pendant qu'Angela et moi nous nous enfonçons sous le centre-ville, dans les tunnels de l'autoroute est-ouest, en route vers l'aéroport).

Chaleur abrutissante. Rien ne bouge. L'immense soleil écrase tout, élimine tout ce qui s'agite et se meut, ne laissant subsister que la vibration pure et monocorde que sont devenus le paysage immobile et la mer. Cela sans doute ne se compare qu'au froid absolu de nos hivers, quand la nature gèle sur place tout ce qui met le nez hors de sa tanière (tant de lumière aussi ressemble à la blancheur crue et insoutenable du soleil sur la neige dans les grandes journées de janvier).

Ce qui m'a amené ici ? À vrai dire, je l'ignore encore, je n'en ai qu'une intuition vague. Pedro Alvarez peut-être, puisque cette histoire est pleine maintenant de Sud-Américains (déjà à Montréal on en trouvait plusieurs, Chiliens, Brésiliens, Argentins, Guatémaltèques, au Pavillon espagnol, au Village portugais, à la Bodega ou au El Gitano — et encore, ils ne se tenaient sûrement pas tous dans les restaurants, et peut-être s'en trouvait-il d'autres dans les bars anglais de l'ouest de la ville, ou encore, comme celui dont je parle, qu'on ne voyait jamais).

Le Pacifique alors ? Ça m'ennuyait de vieillir et de n'avoir jamais vu le Pacifique. Toujours l'Atlantique, l'Atlantique, l'Atlantique, comme si le monde n'avait qu'un seul côté, comme si, à cause de la façon même dont nous étions accrochés au bout du Canada, il ne nous restait plus comme possibilité que de prendre la mer, le vieil Atlantique par où nos ancêtres étaient venus, comme si nous étions privés à jamais de l'autre océan, privés à jamais des épices, de l'or, des pierres précieuses, des pamplemousses géants et des ananas nains, des bougainvilliers mauves, des poissons phosphorescents et de milliers d'oiseaux exotiques, colorés et bavards, parmi lesquels le papagayo...

(Oui, Angela.)

Mais ce n'était peut-être pas le Pacifique, ni Pedro Alvarez, ni les papagayos. Peut-être simplement un ange. Un ange moderne, avec des moteurs à réaction sous les ailes, un ange roux avec un corps de femme, un ange qui connaissait les secrets des vingt-deux lames du Tarot, à commencer par celle du Sagittaire (l'Amoureux), et qui s'ingéniait par tous les moyens à me faire comprendre que, quoi qu'il arrive, j'étais sous sa protection et que je n'avais pas à craindre de me perdre en dehors de moi-même — un ange gardien?

Oui, c'était probablement à mon ange gardien que je devais de me trouver dans cette villa de la République démocratique du San Chiquita, posant enfin les yeux sur l'océan Pacifique, réconcilié avec toute mon histoire, écoutant la musique de la guitare décomposant note par note le déroulement fabuleux de l'espace et le balancement des palmes de cocotier dans le souffle languissant de l'après-midi.

*   *   *

— Luis!

— Oui, Teresa.

— Nous allons visiter le palais.

Elle m'appelle Luis. Chaque fois qu'elle prononce mon nom, un frisson me parcourt le canal de l'oreille. Elle m'embrasse et je ris. Je ris toujours depuis quelque temps, moi qui ne riais jamais. J'enfile mes sandales, j'attrape sur le dossier d'une chaise ma chemise bleue, j'avale ma dernière gorgée de rhum, voilà. Quoi de plus? Quoi d'autre? Le soleil jour après jour, les fruits et les langoustes, les baisers de Teresa, la mer, j'oublie tout, j'oublie le passé, je fonds, je fonds en larmes, en jubilation, en adoration, en remerciements.

Je traverse la flaque d'ombre du porche qui coupe en deux la villa. Devant, l'auto attend, brûlante et métallique, insecte rigide à la carapace luisante. Le docteur Buenaventura, au volant, m'adresse un sourire qui lui vaudrait une majorité confortable aux prochaines élections présidentielles. Je ris. «Allons, Luis», me presse Teresa. Je monte à côté d'elle sur le siège avant, mes jambes serrées contre ses jambes, et nous partons sur la route étroite, au sommet de la falaise, à travers les cieux. Teresa me vante les beautés du paysage, elle m'en nomme les propriétaires, oui, ce coin-ci du monde appartient au señor Morales, ce coin-ci du monde au señor Sandoval, et ces rochers, nés des plissements du quaternaire, façonnés par le ressac depuis des milliers et des milliers d'années, ces rochers terrestres roulant pour l'éternité dans les galaxies appartiennent au señor Ospina, fragile mortel atteint d'un cancer — et la mer, la mer, la mer, je ne vois que la mer, sa splendeur débordante, à qui appartient-elle la mer, Teresa, s'il n'y a ni clôtures, ni frontières, ni façons de s'y reconnaître et d'empêcher ses poissons de s'enfuir et de se disperser ? — mais Teresa toujours sérieuse me répond comme s'il s'agissait d'une évidence que la mer appartient au gouvernement du San Chiquita et le señor Buenaventura précise que la limite des eaux territoriales s'étend à deux cents kilomètres. Je regarde à nouveau la mer. Au large, quelques bateaux poursuivent leur travail mystérieux, jetant à l'eau de vastes réseaux de mailles qui disparaissent sous la surface, puis les retirant remplis d'animaux aux reflets argentés, sans bras ni pattes, qui se débattent furieusement et ne savent pas respirer l'air qui nous entoure.

(Oui, Angela.)

*   *   *

J'ai lu la description de la citadelle dans le guide touristique acheté en arrivant au San Chiquita; amoureux inquiet et pâle débarquant des régions polaires, arraché presque malgré moi aux bras d'Angela, j'avais terriblement besoin de tous les guides que je pourrais trouver, l'anxiété, la nervosité s'étaient emparées de moi, je me sentais si petit, si seul, à la merci d'un destin aveugle et indifférent. J'étais l'unique touriste de la ville, du moins j'en avais l'impression au milieu de cette foule métissée qui ne parlait qu'espagnol et me regardait sans sourire, visages fermés où dormait la haine sourde du *gringo*. Il faisait chaud, le plus souvent je me réfugiais dans ma chambre, mais ce n'était pas mieux: coincé entre quatre murs avec le ronflement continuel du climatiseur, j'avais l'impression d'être enfermé à l'intérieur d'un aspirateur, et je me demandais ce que j'allais pouvoir faire là pendant quarante-cinq jours, pourquoi Angela m'avait envoyé dans cet enfer, qui était ce docteur Buenaventura qui devait s'occuper de moi et chez qui deux fois je m'étais heurté à une porte close. Oui, j'avais bien besoin d'un guide pour m'y retrouver, je ne savais rien de ce que l'avenir me réservait, tout me paraissait compliqué et j'essayais pour ne pas me perdre dans des souvenirs trop douloureux de me passionner pour les merveilles de l'architecture locale.

Le palais de Diego Diaz est partiellement détruit. On y accède par trois terrasses successives. Un sentier à travers la forêt conduit au pied du premier escalier. Celui-ci, d'une largeur de 18 mètres, fait de pierres sommairement taillées, s'élève selon une pente d'environ 40 degrés. Il débouche sur une première plate-forme, ornée de fontaines qu'un système d'adduction d'eau aujourd'hui hors d'usage alimentait. Les piédestaux qu'on peut encore y voir supportaient des statues de dieux grecs et romains. On notera le dallage de céramique d'une grande beauté, assez bien conservé. Au fond, deux escaliers, situés de part et d'autre d'un canon pointé vers la mer. (Le canon actuel est en fonte. Il remplace le canon d'argent ciselé qu'on peut voir au musée de la capitale.) Les premières marches des deux escaliers se font face, selon un axe perpendiculaire à celui de l'escalier qui donne accès à la première plate-forme. À mesure qu'ils s'élèvent, les deux escaliers tournent vers l'intérieur pour devenir parallèles et permettent d'accéder à une seconde plate-forme. Cette seconde plate-forme est un vaste jardin (encore entretenu) bordé sur trois côtés par une rangée de palmiers. Il est découpé en son centre par une allée qui mène à un troisième escalier. Une

énorme statue du Sphinx (aujourd'hui disparue), co-
piée sur celle de Gizeh, occupait autrefois l'espace
béant entre les deux séries de marches qui se rejoi-
gnent plus haut avant d'aboutir sur la troisième ter-
rasse, plus petite que la seconde et couverte de sable
blanc. Le palais occupe entièrement le quatrième côté
de ce quadrilatère. (Du haut de l'escalier, très belle
vue sur la ville et la mer.) Trente-six marches de mar-
bre blanc mènent à la porte principale (Diego Diaz
avait trente-six ans à l'époque de la construction).
De chaque côté, des piédestaux soutenaient deux lions
de bronze (aujourd'hui au musée du palais), gueule
ouverte, crinière en bataille, dont l'un menaçait la
partie nord de la ville, l'autre la partie sud. Au centre
de la façade, quatre colonnes de style ionique soutien-
nent un chapiteau qui porte la devise du dictateur
(«Je renais de mes cendres»). Le palais lui-même,
haut de cinq étages (deux seulement subsistent, en
mauvais état), s'étend selon un axe nord-sud. Un clo-
cher surmontait au nord la chapelle, au sud les appar-
tements présidentiels. Ce dernier était aménagé en
tour de guet. Deux lourdes portes de bois (détruites par
un incendie en 1938) ornées de clous d'or fermaient
l'entrée principale.

Je m'étais rapidement égaré dans cette description
complexe d'escaliers tournants, parallèles, perpendicu-
laires, ces terrasses successives, ces plates-formes, ces
ruines que nul être vivant ne semblait avoir jamais
habitées et dont on aurait pu croire qu'elles n'avaient
connu autre chose que cette vie intemporelle et suspendue. Aujourd'hui, j'allais pouvoir comparer avec la
réalité.

Le docteur Buenaventura stoppe l'auto à l'ombre d'un bâtiment de crépi rose qui s'annonce à la fois comme restaurant, magasin de souvenirs et musée (embryonnaire, le véritable musée, celui de Chiquita, la capitale, s'étant approprié la plupart des pièces importantes). Un autocar moderne, aux fenêtres teintées, portant en lettres rouges l'identification de la compagnie Unitours, est déjà stationné devant l'édifice. Assis sur le sol, appuyé au bâtiment, le chauffeur attend patiemment le retour de son groupe de touristes partis s'esbaudir parmi les ruines. Un sentier, indiqué par une pancarte (Palais de Diego Diaz, 3 km), s'enfonce en grimpant sous les arbres. En lacets abrupts, il monte péniblement à travers une végétation dense (massifs de fleurs jaunes et roses, bananiers, arbustes courts et fournis aux feuilles plates et effilées) et débouche tout à coup sur une éclaircie. Inattendu, le spectacle est d'une beauté étonnante. D'où nous sommes, les escaliers successifs semblent s'élever de façon presque verticale, masquant complètement les terrasses qui les entrecoupent. Surgissant du couvert de la forêt, la masse blanche du palais, érigé au sommet d'une montagne conique, étincelle sous le soleil, fusée gigantesque atterrie dans un monde hostile et abandonnée là par ses occupants.

Nous avons à peine entrepris l'ascension du premier escalier que, mouchoir à la main, s'épongeant ostensiblement, le señor Buenaventura s'excuse : il ne se sent pas très bien et ne pourra nous accompagner plus loin. (Sa courtoisie habituelle : «Non, non, continuez, un léger malaise.») Tirant un journal du baluchon de Teresa, il retourne s'asseoir à l'ombre d'un arbre, à la lisière de la forêt que nous venons de quitter.

La montée est effectivement assez pénible; les marches inégales et étroites exigent une attention constante. Mais chaque terrasse atteinte offre une vue de plus en plus dégagée sur le paysage environnant. De la dernière, celle du palais, on aperçoit la mer. La mer, la longue baie en forme de croissant, le petit village de San Cristobal que nous avons traversé tout à l'heure, les forêts denses et colorées qui couvrent les pentes escarpées, les plis d'ombre et de lumière qui tombent en pans successifs. La citadelle domine tout cela de façon presque insensée. Comment concevoir qu'un homme, un seul petit garçon né d'une mère humaine, puisse ainsi s'ériger au-dessus de tous ses camarades, les contraindre à empiler pour lui une telle masse de pierres et les aveugler au point que chaque soir ils retournent dans leurs cabanes et considèrent tout cela comme la loi de l'univers?

Oui, le palais m'apparaît maintenant dans toute sa vie, sa vie bruyante et bruissante, hommes à la peau noire et lisse construisant, entretenant, décorant, embellissant les terrasses, femmes passant avec, en équilibre sur la tête, des régimes de bananes vertes ou bien de grands paniers d'osier contenant des mandarines, des prunes de Cythère, des papayes ou de minuscules citrons, des langoustes, des soles, des poissons-chats, des rougets pour la table du dictateur; parfums de muscade, de sauce piquante, effluves d'eucalyptus, d'orange et d'ananas se superposant les uns aux autres selon leur densité spécifique, les plus lourds traînant sur l'odeur humide du sol, les plus légers s'étageant comme les couleurs de l'arc-en-ciel jusqu'au sommet des cocotiers (Angela buvant un *perroquet*, le premier jour, au Tropicana); papillons aux reflets moirés, chants d'oiseaux, sifflements, cris, roucoulements et là-haut le palais, éclatant, baroque, éblouissant, *décoré par Diego Diaz lui-même*, disait le guide, *avec recherche sinon avec style, avec enthousiasme sinon avec goût, avec fièvre sinon avec génie.*

En les comptant, nous grimpons les trente-six marches du grand escalier. (Diego Diaz avait-il eu l'intention d'en faire ajouter une chaque année, le jour de son anniversaire, le palais s'élevant ainsi peu à peu vers le ciel? Je n'en doutai pas un instant.) Puis je veux voir le mur d'enceinte où, ai-je lu, les soldats s'entraînaient et d'où ils plongeaient dans le vide d'un précipice plutôt que d'arrêter leur marche avant d'en recevoir le commandement. Mais Teresa, sujette au vertige, ne veut pas m'accompagner («non, Luis, dit-elle l'air effrayé, tu sais, je pourrais me jeter dans le vide malgré moi, comme si j'étais aspirée...»). Je n'insiste pas, j'y vais seul. Le chemin de garde est construit à l'extrême limite du rocher et il n'y a pas de parapet. Le gouffre est impressionnant. Comme la plupart des touristes, je préfère me tenir dans la partie centrale protégée par une rampe. Malgré un effort de volonté, je ne parviens pas à m'approcher de ce vide béant qui s'ouvre devant moi. Dans tout mon corps je sens une répulsion, profonde, animale, incontrôlable.

Au bout de quelques minutes, je viens rejoindre Teresa devant la citadelle; elle n'y est plus. Un peu inquiet (ce qu'elle m'a dit de l'attrait que le vide exerce sur elle ne me rassure pas) je fais le tour des environs, mais ne la vois nulle part.

Je redescends vers la terrasse la plus basse et je l'aperçois enfin. Elle est en conversation avec le docteur Buenaventura et un homme que je ne connais pas.

S'éloignant d'eux, elle vient m'accueillir au pied de l'escalier et m'entraîne doucement à l'écart.

— Qui est-ce?

— Rien. Un ami de papa.

— Et encore?

— Un Canadien, comme toi.

— Je ne suis pas Canadien, je suis Québécois. (Je tiens à cette distinction que Teresa ne fait jamais.) Qu'est-ce qu'il veut?

— Rien, Luis. C'est un ami de papa.

— Teresa...

Mais elle me regarde dans les yeux:

— Tu deviens paranoïaque, mon pauvre Luis.

* * *

Je suis seul dans la chambre. Partie au village avec son père, Teresa rentrera tard, ou peut-être demain. La sérénité m'a brusquement quitté. Une foule de souvenirs m'assaillent, je ne parviens pas à trouver le sommeil ou, si je m'endors, c'est le temps d'un cauchemar dont je m'éveille en sueur, les yeux grands ouverts dans le noir de la chambre. (Angela disait: «Quand on fait des cauchemars, c'est qu'il se passe quelque chose en nous, mais on ne sait pas quoi encore.»)

Toujours cette impression de ne pas comprendre, d'être exclu, banni, indésirable, de ne pas participer à la grâce, cela me désespère. Pourtant je l'ai tenue entre mes doigts, cette fragile éternité, et maintenant je ne la retrouve plus, un écran s'est à nouveau glissé entre elle et moi. Je voudrais tant redevenir l'exact équivalent de moi-même, cet homme neuf et libre qui marchait aux côtés d'Angela, qui s'enveloppait de son auréole et participait à sa gloire (oui, c'est cela même qui devait m'être fatal, je m'étais greffé sur sa passion comme sur une plante étrangère, je vivais sa vie comme si elle avait été la mienne, comme si nous avions été identiques, moitiés retrouvées de quelque unité primordiale, je calquais ses désirs, ébloui par la ressemblance).

Cet homme en conversation avec Teresa et le docteur, cet «ami de papa», ce «Canadien comme moi», sa présence, son arrivée inattendue, inopportune, me troublent. Pourquoi surgit-il ainsi du pays que j'ai quitté, du passé que j'essaie d'oublier? Tout cela me paraît tellement bien organisé, même si j'ignore dans quel but: le docteur Buenaventura, fatigué, préfère nous attendre à la lisière de la forêt. Teresa, sujette au vertige, descend le rejoindre, et quand j'arrive on m'entraîne à l'écart, on répond évasivement à mes questions et si j'insiste: «Tu deviens paranoïaque, mon pauvre Luis.»

Disons méfiant, Teresa. Depuis que cette histoire a commencé, depuis que j'ai connu Angela, puis Pedro, puis toi et les autres, je n'ai pas posé de questions, j'ai fait exactement ce qu'on m'a dit de faire. Mais Angela n'est plus là et tu n'es pas, Teresa, branchée comme elle sur le Mystère, sur la Vie, tu n'en es que la pâle représentation, une représentation trop affectée, trop théâtrale, un théâtre où il y a trop de confidents, de conciliabules secrets, de rendez-vous cachés, de jeux de coulisses et où, pauvre spectateur, je n'ai droit qu'à des personnages immobiles figés dans des attitudes mondaines.

La dernière nuit à Montréal avec Angela, le cœur battant, en route vers l'aéroport, cette sensation d'urgence, de nécessité, d'invulnérabilité, de tragique aussi mais d'un tragique plein de vie et d'avenir, comme si tout était sur le point de s'éclaircir (nous nous embrassions,

Angela et moi, par pure convention, nos lèvres, nos bouches précédaient nos baisers, nous les regardions errer l'une sur l'autre); nos adieux (mais rien ne peut séparer l'amour en deux, qui demeure éternellement unique); New York, Mexico, Chiquita (les avions m'emportaient dans la nuit, j'avais des amis partout, je connaissais les rouages du monde) — c'est cela, c'est tout cela que je veux retrouver.

Je suis en face d'un secret qui, tour à tour, se voile et se dévoile, et disparaît dès que j'y porte attention, dès que je suis sur le point de le saisir (souvent quand je ferme les yeux j'aperçois des taches en forme de cils qui semblent glisser sur la surface du globe oculaire, toujours un peu en dehors du centre de mon champ de vision, mais, si je tourne les yeux pour mieux les voir, elles s'éloignent encore plus rapidement et je ne peux jamais les regarder en face). Ce que jamais on ne possède...

Secret, en grec *mystiko* (oui, Angela).

* * *

Isolée, la villa est construite sur un aplomb rocheux, à une vingtaine de kilomètres de San Cristobal. C'est une maison basse, blanche et sans extravagance, collée au rocher comme un coquillage par quelque mystérieuse ventouse architecturale. Partagée par un porche en deux parties autonomes, la villa s'ouvre à l'arrière sur une terrasse splendide, fleurie, dominant la mer, protégée sur deux côtés par des murets ingénieux de blocs évidés qui permettent de voir sans être vu. C'est là que m'accueille, matinal, le docteur Buenaventura.

— Cher ami! (Sa voix posée, modulant les sylla-bes sans précipitation, m'enveloppant, j'ai du mal à m'habituer à son extrême civilité, sa totale assurance, ce vernis mondain si difficile à percer. On devine chez le docteur Buenaventura des générations de raffine-ment, une maîtrise de virtuose pour qui l'instrument n'est plus un objet extérieur, un obstacle à franchir, mais au contraire cela même qui permet de s'exprimer, un prolongement, une faculté totalement soumise. Je m'en veux d'être ce sauvage maladroit, avec une âme à carreaux et une intelligence taillée à la hache. Tant pis : au moins j'ai encore une âme, et la technique seule ne suffit pas à faire un musicien.) Votre visite à la citadelle vous a plu? Je regrette de n'avoir pu vous accompagner jusqu'au sommet. Quelle œuvre extraordinaire! Je m'étonne toujours qu'elle ne soit pas plus connue. Il est vrai que notre gouvernement ne fait pas grand-chose pour le tourisme. Teresa... Oh! j'allais oublier : elle sera ici ce soir. J'espère que ce contretemps...

— Mais non, pas du tout. (Je connais ces phrases qu'on laisse en suspens pour que vous puissiez y insé-rer votre réponse.)

— Mais asseyez-vous.

Seuls donc, nous prenons le petit déjeuner en tête à tête, de part et d'autre d'une table basse protégée par un parasol (jus d'ananas, café au lait, grandes tranches de pain beurrées, confitures), épinglés sur le ciel parmi les cercles transparents tracés par les plus hautes mouettes.

— Teresa vous a sans doute parlé de Diego Diaz?

— Très peu.

— C'est un personnage fort intéressant, quasi légen-daire. On ne parvient pas bien à démêler autour de lui le réel et l'imaginaire. Vous connaissez sa devise? Elle est gravée à l'entrée du palais: «Je renais de mes cendres». Cela a donné lieu à bien des imaginations. Beaucoup de gens lui attribuent des pouvoirs phénoménaux. Saviez-vous que certains groupes attendent même le retour de Diego Diaz? J'ai eu l'occasion un jour d'assister à une de leurs réunions. C'est très curieux, un peu enfantin, mais intéressant. Ça se passait plus loin, à l'intérieur des terres, dans une sorte de clairière éclairée par des flambeaux. Tous les participants sont masqués. Celui qui dirige la réunion distribue une sorte de breuvage qui doit les plonger dans un état paranormal. J'en ai bu d'ailleurs. Le goût est répugnant et l'effet m'a paru celui d'un alcool de force moyenne. En tout cas, il y a là un curieux mélange de religion, de magie et aussi de politique, puisque l'élément central des cérémonies demeure le personnage de Diego Diaz, qui doit revenir délivrer le peuple de la misère.

— Je pensais que c'était un dictateur?

— Un dictateur assez sanguinaire, oui. Mais il ne fut pas que cela. C'est un homme qui chercha d'abord à libérer le peuple du joug que faisait peser sur lui l'aristocratie espagnole. Teresa ne vous a pas raconté cette histoire? Diego Diaz était métis. Comme tous ceux qui ne faisaient pas partie de la petite noblesse blanche, il travaillait pour le compte d'un riche propriétaire, dans une plantation de café, de l'autre côté de la baie.

Le docteur Buenaventura m'indique de la main les montagnes qui s'élèvent abruptement derrière la pointe extrême des terres (oui, j'ai lu quelque chose à ce sujet, mais on ne me montrait pas ainsi la mer, les distances, la transparence de l'air, la chaleur, les falaises beiges et roses, l'envie de paresse qui vous prend, les jardins fleuris des villas des riches, le trafic maritime).

— C'est en 1830 qu'on entendit pour la première fois parler de Diego Diaz. Ça commence d'une façon terriblement banale, c'est une histoire d'amour, *Roméo et Juliette* revu et corrigé par Marx et Engels. Diego Diaz était amoureux de la fille du propriétaire pour lequel il travaillait. Quand celui-ci s'en aperçut, il fit enfermer la fille et chasser l'amant. Diego Diaz jura qu'il se vengerait. Il n'était pas le seul qui avait à se plaindre : la pauvreté et la misère régnaient partout, pendant que l'aristocratie blanche ne savait quels plaisirs inventer pour occuper ses loisirs. Saviez-vous par exemple qu'il y a déjà eu un opéra ici, au San Chiquita, où l'on faisait venir les plus grands ténors, sopranos et barytons d'Europe ? On donnait des bals qui, dit-on, égalaient en magnificence ceux des plus grandes cours d'Espagne ou de France, et on importait à grands frais champagne, caviar et tout ce qu'on ne pouvait produire sur place. Les pauvres, Indiens et Métis, travaillaient toute l'année pour entretenir cette excroissance farfelue, mâchant quotidiennement la feuille de coca, que la région produit en abondance, pour endormir leur douleur. Ici, c'est la cocaïne qui était l'opium du peuple, ajoute le docteur avec un sourire qui réclame mon indulgence pour son jeu de mots.

Du haut de notre perchoir naturel, nous regardons tous les deux le nuage de poussière brune que soulève une automobile attaquant les premiers lacets du chemin privé qui de la route mène jusqu'à la villa. Ce n'est pas l'Austin de Teresa.

Soucieux, le docteur Buenaventura s'essuie les lèvres, se lève et s'excuse poliment, me laissant seul sur la terrasse maintenant presque entièrement livrée au soleil.

Des sensations affluent en moi, qui me ramènent directement à Montréal et à ce passé récent. J'ai l'impression que tout recommence. Je me disais: «Vacances». Mais il n'y a pas de vacances, cela ne s'arrête jamais.

Voilà, ça y est. Ma respiration se fait plus courte, mon cœur bat plus fort. Je vois bien à travers le muret l'auto qui arrive, le soleil qui bondit sur la tôle. Mais l'alerte ne dure pas. Les portières sont fermées sans précipitation, les visiteurs ont un pas nonchalant. Petit conciliabule en espagnol avec le docteur devant la porte d'entrée, des rires, puis ils débouchent sur la terrasse. Antipathie spontanée. Je n'en laisse rien paraître. Ils sont deux, ils n'ont pas trente ans, chemises de soie ouvertes sur la poitrine, pantalons serrés, odeur d'aftershave, sourire archi-faux, main largement tendue mais dont le contact donne un frisson, comme si la même main pouvait aussi facilement vous enfoncer un couteau entre les omoplates. Présentations: Salvador, Jose, Luis. On s'assoit. La conversation s'engage, toujours en espagnol (il serait temps que je me mette sérieusement à l'étude de cette langue, les gens ne vous demandent pas toujours l'heure qu'il est ou de quel pays vous venez). En français, le docteur Buenaventura, un peu mal à l'aise (c'est la première fois que je le vois ainsi), me dit qu'il m'expliquera. J'espère. Ils ne sont là que quelques minutes, le temps d'un scotch (il faut bien commencer sa journée quelque part), puis ils repartent comme ils étaient venus, laissant derrière eux un air vicié, malsain, sali. Leurs auras noires ont déteint sur le paysage, je fais de grands gestes avec mes bras pour chasser les derniers restes de leur présence. Le docteur revient.

— Oui, des relations d'affaires. Je possède un petit établissement en ville, Teresa vous en a parlé? Un bar, vous savez, petit bar, enfin, très touristique, une discothèque en quelque sorte. Je n'aime pas beaucoup ce genre, mais en ce moment c'est la mode, alors... Je ne m'en occupe pas moi-même. Teresa vous dira. Ah, de quoi parlions-nous?

Oui, c'est cela, parlons d'autre chose. Parlons d'autre chose, docteur Buenaventura. Oublions vos sympathiques relations d'affaires. Je suis ici depuis deux semaines et on ne m'avait rien dit encore de ce petit bar, mais qu'importe, le pauvre Luis n'a pas besoin de comprendre. Revenons à Diego Diaz. Revenons au passé.

II

Tout cela paraît si loin déjà, le passé. Si loin que j'y
songe parfois comme à une vie antérieure. J'avais quitté
la femme avec qui je vivais depuis sept ans et après
avoir habité ici et là chez des amis, je venais de louer un
appartement, rue Sherbrooke. C'est là que tout avait
commencé, sans même que je m'en aperçoive. (On ne
sait jamais quand ça commence, on ne s'en aperçoit
jamais. Après on raconte ça et, oui, on voit une coupure
nette, une frontière claire et bien définie. Il y a *avant* et
après. Mais, *pendant*, on ne se rend jamais bien compte
de ce qui arrive.) Aujourd'hui, si j'essaie de retourner en
arrière et de trouver le premier maillon, le point de
départ de tout ça, je pense à ce paquet sans adresse
laissé par erreur devant ma porte. Mais la réalité est
bien plus complexe. Ce paquet-là, il avait un passé, il
était parti de quelque part pour arriver jusqu'à moi. Et
puis moi aussi j'étais là avant, chaque jour vécu m'avait
préparé à ce qui allait arriver. Toute l'histoire de l'homme,
l'histoire du monde finalement, m'avait façonné, avait
préparé ce qui allait arriver. Je faisais partie de quelque
chose. Oui, tout avait commencé et je n'étais même pas
né (comment voulez-vous que je sache où tout cela me

mène, j'ai peine à voir où je mets les pieds, je patauge, irresponsable, j'arriverai bien un jour où je dois arriver, où mon destin m'attend, je sais bien que tout cela est un jeu infini, compliqué, mystérieux, qu'il faut beaucoup de patience, de temps, de calme, alors peut-être à l'heure qu'il est une femme un peu plus vieille attend-elle quelqu'un comme moi, quelque part, j'en ai la certitude, dans un bar, par un samedi après-midi tranquille, devant un Bloody Mary, poussant de toutes ses forces sur la pointe aiguë de son âme pour sentir glisser hors d'elle les vibrations qui feront qu'en entrant dans ce lieu inconnu je me dirigerai vers elle et lui dirai : «Oui, Angela»).

C'était ça qui avait commencé pendant que je travaillais comme un imbécile dans un bureau, petit fonctionnaire insignifiant occupé à codifier tout ce qu'il y a d'excessif, de spontané, de misérable et de douloureux dans l'univers — et tout ce que l'univers attendait de moi, c'était que j'use et gruge jusqu'à la septième vertèbre les cordes cervicales de mon imagination. C'était ça qui se préparait depuis toujours, la joie de se soumettre entièrement à ce qui est et devient et de se laisser réduire à sa liberté.

Et moi je travaillais, naïf, inquiet aussi, sérieux, je travaillais, je revenais chez moi, mon principe vital balancé entre mes jambes comme une trompe dans son obscurité molle, je revenais chez moi chaque soir car j'habitais un lieu de la terre et non l'espace vaste de mon cœur. (Oh combien tout cela me paraissait réel, petit train-train du temps, mauvais numéros de téléphone, tasse échappée, attente inutile, éviers bouchés, bruits de digestion, hésitations, commissions au magasin du coin, émissions de télévision, lavage, indécision chronique, problèmes mécaniques, entretien, boutons décousus, émotions minimum.)

Ce jour-là, le paquet m'attendait, sous l'emballage de papier brun une boîte bleue, faite de carton de bonne qualité, doux au toucher, d'un granulé très fin. Je l'ouvris avec curiosité. Étonné, je sortis un à un du paquet divers objets hétéroclites que je déposai sur la table : un morceau de dentelle noire, comme la frange d'un jupon ; une carte postale représentant une statue équestre, décrite au verso en trois langues : *Diego Diaz (1808-1851), Libérateur de la Patrie.* La carte était adressée à P. A. Villegas, American Express, Montréal. Elle était rédigée en espagnol et signée d'une initiale : T. Le timbre du San Chiquita portait une oblitération redoublée et illisible : 25-VI-76 (?).

Il y avait encore d'autres objets : une lettre déchirée dont je retrouvais l'un après l'autre les morceaux que je plaçais ensemble, remettant à plus tard le soin de la déchiffrer ; une bague, visiblement bon marché, à gros cabochon vert, qui s'ouvrit lorsque je la manipulai, révélant un compartiment secret vide ; un plan de Montréal, maintes fois plié et déplié, marqué de repères au feutre rouge ; un morceau de casse-tête, trop petit pour qu'on puisse y voir autre chose que des taches mauves et roses ; une carte à jouer : la dame de cœur. Puis je sortis du paquet trois rouleaux de film Kodak Tri-X 135 dans leurs cartouches jaunes et vertes et j'allais mettre la boîte de côté lorsqu'un bruit de roulement attira mon attention sur un dernier objet : une balle de calibre .45.

*   *   *

(Le paquet contenait autre chose, le paquet contenait un mystère, le cœur d'Angela, la bouche d'Angela, la main d'Angela, la voix d'Angela, et tout cela commençait sans que je m'en aperçoive. Le paquet contenait l'avenir, je le regardais sans rien comprendre, curieux et en même temps inquiet, inquiété par ce qui venait me chercher de l'extérieur et risquait de m'entraîner je ne savais où, hors du chemin que je m'étais tracé. Schizophrène oublié sur des terres du bout du monde, avec le cœur cloué par un clou blanc sur l'étendue perpétuelle de la neige, j'avançais en enfonçant dans mes pas, dépossédé, usé, meurtri, mais la vie, la vie s'emparait de moi et se chargeait de me tenir au bout de son bras, c'est à elle que je devais tout car je n'étais rien dans sa puissance que son humble serviteur. Tout cela, tout cela était contenu là, dans ce paquet, mais je ne le savais pas encore, Angela, je rêvais doucement devant ces objets disparates et tu étais déjà en marche à travers les pays, les villes et les rues, pour mettre la main tour à tour sur mon cœur, mon sexe et mon esprit, et me donner la vie. Tout avait commencé depuis des millénaires, hasards mis bout à bout pour que nous nous rencontrions, volonté lointaine, sourde et lente se déployant le long de notre phylum génétique, fleurissant dans les arborescences de notre arbre de vie, inscrite dans les hélices de nos acides désoxyribonucléiques, quelque chose d'infiniment complexe et majestueux, car nous naissions déjà toi et moi dans le sperme de Dieu, éjaculés dans des fusées revenant sur leurs pas comme des particules d'antimatière, remontant le cours du temps, cheminant dans les galaxies vers le lieu de notre réunion.)

La lettre donc disait ceci (et j'avais beau essayer toutes les permutations possibles avec les morceaux déchirés, je n'arrivais pas à y trouver un sens, il m'aurait fallu pour cela un cerveau électronique de taille à décoder le langage des dauphins ou la danse des abeilles, l'écriture aztèque, l'alignement des menhirs, les pulsions des quasars — un cerveau électronique aussi raffiné que le cerveau humain car, oui, plus vraisemblablement encore, j'imaginais un sens à cette lettre, sans oser clairement le formuler, un sens qui n'était sans doute que mon miroir, la projection de mes désirs, et auquel je n'osais pas croire).

La lettre donc disait ceci :

meurs d'envie de te voir
tellement complexe et incompré
un aspect prémonitoire de
être trop pris au jeu par

pense chaque jour à
sans toi) croire qu'on
in, d'aide, de compréhension
tendus, de mots doux, maintenant

n'y a aucune raison
subissions cette attirance
des jours et des jours je
puis physiquement parfois

alcool et le travail, le
refuser l'existence des
de baisers, de gestes
Maintenant j'essaie

La carte de Montréal avait tout autant de signification sans doute et je pris en note les différentes intersections qui y étaient indiquées en rouge, les organisant à la manière d'un itinéraire touristique un peu particulier qui n'allait ni au Jardin botanique ni à l'Oratoire, mais que je décidai d'entreprendre le plus tôt possible.

Je traduisis approximativement la carte postale à l'aide d'un dictionnaire espagnol — ça voulait dire quelque chose à propos de la folie, du mardi soir, du feu et de l'eau. Dans l'annuaire, il n'y avait pas de P. A. Villegas et l'American Express me raccrocha au nez lorsque j'insistai pour avoir des renseignements en essayant maladroitement de me faire passer pour un inspecteur de police. Seules les bobines de film pouvaient m'apprendre quelque chose : je les portai à la pharmacie du coin pour qu'on les envoie développer.

Le lendemain, la Gendarmerie royale du Canada était chez moi : deux agents en civil, polis, propres, à peu près de la hauteur des portes, qui avaient quelques questions à me poser. Ils me demandèrent où j'avais pris les trois rouleaux de film. Je pensai qu'il s'agissait de pornographie. J'expliquai que les bobines ne m'appartenaient pas, je racontai l'histoire du paquet. Ils prirent quelques notes à mon sujet, m'assurèrent que j'aurais dû appeler la police tout de suite. Ils restèrent une demi-heure environ, décontractés, observateurs, encombrants. Ils repartirent avec la carte postale, le morceau de dentelle noire, la bague, la lettre déchirée, la carte à jouer, la balle de revolver, le plan de Montréal. J'avais oublié le morceau de casse-tête dans ma poche. Quant aux photos, je ne les verrais jamais, m'expliquèrent-ils : au laboratoire on avait découvert en les ouvrant que les bobines contenaient de la cocaïne.

*　*　*

« Ce n'était pas la GRC. » Je parlais depuis un quart
d'heure avec une femme extravagante, petite rousse
lumineuse dont j'étais déjà amoureux sans oser le lui
dire.

— Je connais les gens qui sont allés te voir. De toute
façon, nous sommes samedi, les bobines que tu as en-
voyées au laboratoire ne seront pas développées avant
lundi. La GRC sera donc chez toi lundi soir, pas avant.
Tu pourras en profiter pour comparer leurs méthodes.

Elle m'avait téléphoné quelques minutes seulement
après le départ de mes deux visiteurs. Je lui avais dit
qu'il ne me restait rien du paquet qu'une pièce de
puzzle. Elle m'avait malgré tout donné rendez-vous
au Tropicana — et si je connaissais bien des bars à
Montréal je n'avais jamais mis les pieds dans celui-là (le
palmier en néon rose et vert, piqué dans la neige
comme dans un café espagnol, servait aussi à des fins
magiques : maintenant on nous annonce chaque hiver
qu'il neige sur la Floride et que cela ne s'était jamais vu).

Le soleil était reparu, avec les grands blocs d'air gelé
de l'hiver empilés jusqu'au ciel comme un château de
glace, bel après-midi clair au cœur de janvier, mais à
l'intérieur du Tropicana il faisait presque nuit. La porte
refermée, je n'avais d'abord rien vu, puis le bar faisant
lentement surface, émergeant de l'obscurité, apparition
de plus en plus précise, et comme je marchais dans
cette direction, plus loin encore dans le noir, à une table
solitaire, une femme rousse qui m'observait. Au téléphone, elle avait oublié de me dire comment j'allais la

reconnaître : un frisson, un tremblement, un excessif énervement des terminaisons sexuelles de l'âme.

Je m'assis à cette table, ma chaise se referma sur moi avec le bruit d'un piège. Elle me parla tout de suite comme à un ami — et dans l'éclairage quasi inexistant, je ne voyais que les yeux d'une lionne tourmentée et la petite lumière rouge de sa cigarette, légère comme une mouche à feu (des gouffres s'ouvraient entre les secondes, remplis de poursuites, d'armes à feu, de diamants, de sirènes, de coups). Maintenant j'étais en face de la femme qui allait changer ma vie parce qu'elle était la vie même comme je l'avais toujours imaginée, j'étais en face de la femme qui allait m'être fatale. (Du latin *fatum*, Angela, destinée.)

— Je ne comprends rien à cette histoire...

— Ce n'est pas grave. Où serait le plaisir de la vie s'il n'y avait pas de mystère ? Tu vois, je voulais te rencontrer sans trop savoir pourquoi, et maintenant je le sais. Il faut toujours laisser une chance à l'inconnu.

(Oui, Angela.)

*   *   *

Angela me demanda de l'accompagner chez elle, elle voulait me montrer quelque chose. Tout allait tellement vite, je ne savais plus si c'était une histoire d'amour, une affaire de drogue ou une émission des *Insolences d'une caméra*. (Angela, réponds d'abord à mes trois questions : qui sommes-nous, d'où venons-nous, où allons-nous ?)

Un taxi nous emporta jusqu'au sommet de la montagne. (Dans mon quartier, tout était clair : les possédants dominaient du haut du Mont-Royal et les exploités s'écrasaient en bas de la rue Sherbrooke. Quant à la classe moyenne, elle dormait dans les banlieues, dans des bungalows mal construits, au milieu d'un carré de gazon où poussaient difficilement trois cotons de sapin et un moignon d'érable à sucre, illusion de possession et de richesse que leur abandonnait généreusement la classe supérieure. Pour ces gens-là, le bonheur ne pouvait être qu'immobile. À l'entrée de la ville, sur un panneau publicitaire offert par une compagnie d'assurances s'étalait fièrement leur devise : « Mon Dieu, faites qu'il ne nous arrive rien ».)

Le taxi s'arrêta devant une maison de pierre grise aux allures de château, couverte de vignes en rameaux secs, avec une tourelle dans un coin et des fenêtres ogivales. Angela m'entraîna à l'intérieur. Dépaysé comme un voyageur dans une ville étrangère (j'étais à quinze minutes de chez moi), je regardais tout cela avec de grands yeux. Le salon était si vaste qu'il me faisait penser à un lobby d'hôtel, meublé et décoré avec tant d'abondance, de profusion et de richesse qu'un piano demi-queue dans un coin passait presque inaperçu. Il y avait au moins trois divans (du Louis XV ou du Louis XVI, je n'y connaissais rien), des fauteuils recouverts de velours (un, entre autres, bleu avec des fleurs de lys dorées), des commodes laquées, des tapis persans comme je n'en avais jamais vu que dans les vitrines (maintenant je marchais dessus, orteils à l'air à travers un trou dans mon bas — j'avais laissé mes bottes de skidoo dans l'entrée).

Angela habitait ici ? Je n'en revenais pas. Mais elle ne me laissa pas le temps de penser. « Viens », dit-elle, amusée de me voir aussi impressionné. Traversant la pièce, je la suivis dans un escalier de chêne sombre. À l'étage, Angela ouvrit la troisième porte à gauche : sa chambre. Elle tira d'abord les tentures de velours bleu sur la haute fenêtre derrière laquelle j'entrevis les gratte-ciel gris du centre-ville et un pont fatigué couché sur le fleuve plat. Puis elle alluma une lampe (abat-jour d'un vert tendre supporté par deux déesses nues et un satyre souriant) et, me prenant par la main, me guida jusqu'à une petite toile rectangulaire montée dans un large cadre sculpté. C'était cela qu'elle voulait me montrer : un portrait de jeune homme dans le goût du dix-septième siècle. Et, cela ne faisait aucun doute, c'était moi. Tout était là, mêmes cheveux bouclés, mêmes yeux bleus, même nez un peu fort, même dessin de la bouche, même barbe — seule la collerette aux larges plis ovoïdes trahissait l'époque. Oui, c'était moi. J'étais profondément troublé qu'eût vécu il y a quelques siècles, en France ou en Italie, quelqu'un qui me ressemblât autant, profondément troublé qu'Angela fût en possession de ce portrait, profondément troublé que nous soyons l'un près de l'autre, à le regarder, à Montréal, en plein mois de janvier, aujourd'hui...

— Tu comprends, maintenant ?

*   *   *

Le tableau lui venait de Pedro Alvarez. Maintenant cela prenait de l'importance, les moindres détails, parce que la machine à hasard avait craché son gros morceau et qu'elle ne reculerait plus devant rien. Les signes seraient mis à contribution et, l'avenir s'incorporant au passé, on risquerait à chaque instant de perdre le contrôle des événements. C'est tout de suite qu'il fallait réagir, au moment des premiers postulats, aussitôt qu'une hypothèse était émise, l'attendre de pied ferme, la saborder par tous les moyens, car la folie nous guettait. Oui, vite, réponds à mes questions, Angela, car je sens le désir se lever en moi et je ne trouverai plus ensuite de réponses. De qui est ce portrait — dépêche-toi de détruire les prodiges, sinon nous allons nous enflammer, brûler, je le sais, Angela, ce qui nous attend si nous nous laissons prendre à ce jeu, nos corps se veulent, je sens déjà l'envie de te chercher, de te nourrir, de te donner mon sang, de te retourner, de mettre l'extérieur de toi à l'intérieur de moi. Qui est ce Pedro, que fait-il, d'où vient-il, comment le connais-tu, dépêche-toi, Angela, réponds-moi, la mort et la vie nous épient, je te retrouve partout, à chaque mot que tu prononces, à chaque geste que tu fais j'atteins la fin du monde, je me désâme d'une partie de moi-même, je ferme des portes derrière moi et j'avance dans une sorte de lumière, retiens-moi. Je tourne autour du temps, vue du début cette histoire est ouverte, vue de la fin elle s'achemine d'elle-même vers sa nécessité, vers son achèvement, je ferme les yeux, j'ouvre les yeux, ce portrait de moi par qui fut-il peint, dans quelle ville italienne ou française où je n'ai jamais mis les pieds, dans quel siècle, réponds-moi, dans quel siècle (ah oui je sais, Angela, ce portrait n'existe pas encore, c'est la photo que Teresa fera de moi plus tard, je confonds tout, je sais, ce portrait ne me ressemble pas, à peine, vaguement, j'ai trop d'imagination, Angela, c'est une illusion créée par la lumière, une toile de lin avec des pigments colorés, de l'huile, de l'essence minérale, je m'y suis laissé prendre, ce sont des électrons, des neutrons, des protons qui s'agitent à l'intérieur de structures électromagnétiques, c'est connu).

Et maintenant le temps n'est plus que cette perle lente, et tout, toute la pièce, les murs, les meubles, le lit, oui, où nous sommes assis, étendus, agenouillés, le lit lui aussi se déroule chronologiquement en suivant l'ordre des instants et poussés à bout par la main de Dieu, nous qui ne croyons guère à la réalité, nous parcourons des niveaux d'illusion, d'admission, de pénétration, de connaissance, un jeu infini auquel nous ne cesserons jamais de dire oui tous les deux parce que cela ne se peut pas, parce que des choses comme celles-là ne doivent pas se produire, leur explosion sourde est trop dangereuse pour le cerveau humain. Qui nous croirait, Angela? Qui croirait comme nous que cela devait se produire entre nous et accepterait ensuite de se soumettre à cette loi, à la règle de ce jeu, à cette invention subtile, à notre propre volonté? Je t'aime, Angela, depuis des siècles je t'aime, avec des mots qui ne veulent plus rien dire mais qui cherchent et se cherchent et te cherchent et que tu comprends. Angela mon amour, l'heure éternelle sonne maintenant éternellement et je commence à t'assassiner, te déchirer et te dévorer, te déchiqueter et t'assimiler, oui, tu finiras où tu dois finir, mangée par l'amour et ramenée à ta sainte vibration lumineuse au-delà de moi comme je serai dévoré, arraché et trituré au-delà de toi pour revenir aussi à la surface de la lumière.

*   *   *

Déjà je ne comprenais rien à ce qui m'arrivait. Tant pis, je pouvais vivre sans comprendre. Ça s'était passé si rapidement (la naissance des libellules, je m'en souviens, enfant je les observais, elles échouaient sur la plage, larves brun pâle, sortant de l'eau comme des reptiles amphibies, de minuscules alligators, de petits monstres préhistoriques à six pattes au thorax articulé, elles grimpaient au sommet d'un jonc vert sombre ou s'installaient sur une pierre chaude, laissant sécher et durcir leur carapace aquatique pendant quelques heures. Puis elles se brisaient d'elles-mêmes en deux et lentement leur nouveau corps s'extrayait de leur corps d'eau, immenses yeux noirs et proéminents, ailes chiffonnées, long fuselage fragile, bleu métallique, ou vert, ou même parfois rouge. Peu à peu elles étalaient au soleil leur voilure humide qui acquérait en séchant la rigidité nécessaire au vol, pendant que leurs poumons s'acclimataient à cette nouvelle forme de vie. Au bout de quelques heures je revenais pour les voir prendre leur envol ou ne trouver que l'exivit sec comme la peau d'un serpent qu'elles avaient laissé derrière elles sous le soleil brûlant).

J'étais heureux d'être avec cette femme trop belle pour moi, inquiétante, mystérieuse, qui semblait connaître bien des choses que j'ignorais et vivait dans un monde étrange et différent, où elle voyait des gens que je ne voyais pas, où des choses apparemment impossibles devenaient tout à coup faisables, évidentes, faciles. Assis sur le lit d'Angela, je l'écoutais me raconter mille histoires, lire dans les lignes de ma main.

— Tu as trois grands amours dans ta vie. Le premier dure plusieurs années, puis il s'achève sans que tu t'en doutes et il est remplacé par une passion très violente. Et cette passion se termine de façon brutale. C'est très difficile pour toi de continuer à vivre, ta vie est très floue pendant un certain temps. Tu vois cette ligne ici? On dirait qu'elle s'arrête, puis qu'elle se multiplie. Mais plus loin on la retrouve et c'est ton troisième amour, celui où tu es le plus près de l'amour.

Il s'achève sans que tu t'en doutes. Une passion très violente. Les phrases s'imprégnaient dans la matière grise et malléable de mon cerveau. Elles grugeaient mes neurones comme un acide brûle une plaque de cuivre. J'étais séduit par cette femme. Elle m'avait touché, elle avait mis le doigt sur quelque chose de précis à l'intérieur de moi, elle avait pressé un bouton secret qui déclenchait un mécanisme. Je sentais quelque chose qui se mettait en marche, quelque chose d'obscur, une piste chimique envahie par des lianes et des parasites, une série de vieux circuits électroniques dont on avait oublié l'existence. Mon cerveau ne fonctionnait plus comme avant, il revenait toujours à son image, quel que soit le chemin emprunté, il décrivait des ellipses, des hyperboles, des courbes qui le ramenaient vers ce point d'où tout émanait en cercles concentriques. Je ne savais plus quoi faire de ma vieille vie, de mes anciennes idées, je n'en avais plus besoin et je ne savais pas où les déposer. Comment fait-on pour changer — l'image que j'avais de moi-même tout à coup ne me supportait plus, mais j'avais tant besoin d'une identité, sans elle je ne pouvais perdurer à travers le temps. Oh cette image de moi, celle qu'on m'avait imposée, comme c'était facile d'y demeurer fidèle — à partir d'elle, autour d'elle, ma vie se dessinait lentement, se déployait paisiblement, s'achevait sans heurts. Mais je ne pouvais plus m'arrêter, maintenant tout cela était à recommencer, j'avais brisé le vase, ce verre fragile, l'eau s'était répandue partout, sans qu'aucune forme ne puisse la retenir, maintenant je la mettais dans un vase neuf — faudrait-il que je le brise à son tour, ne plus être que ce liquide sans contour ?

Maintenant qui étais-je? Maintenant de toutes mes forces je devenais le miroir d'Angela, maintenant de toutes mes forces je m'identifiais à l'image que me renvoyait Angela (est-ce par là que tout finirait encore, par un miroir brisé, par une mort désuète, par une rose de sang sucré, par une main gantée, par un cheveu, par le doux parfum d'un seul cheveu? Il y aurait le bruit du tonnerre dans un verre qu'on échappe, il y aurait le vin sur la nappe, blanche comme l'immense pansement de la mémoire, il y aurait le silence profond de la neige, quatre pieds de silence s'accumulant dans la nuit, puis cet adieu qui n'en finit plus de nous réunir au-delà de tous nos adieux humains, dans la clarté de nos cœurs). Est-ce à cela que je pensais alors, allongé dans la nuit près du corps endormi d'Angela? Pas encore, pas encore, il y avait bien des choses que je n'apprendrais que plus tard. Maintenant je ne songeais qu'à la vie quotidienne, aux images douces du passé qui s'émiettaient et s'éparpillaient dans le vent comme une pluie de larmes, comme un peu d'écume volée à la surface de l'eau et dispersée parmi la mer.

Pauvre Louis, tu seras toi aussi brisé par l'amour, sans même l'avoir voulu. Mais c'est un grand besoin de courir l'océan et les planètes, c'est une urgence qui ne finit pas. Demain nous serons tous, femmes et hommes, au-delà de nous-mêmes, nous achevant et nous parachevant dans l'harmonie — il n'y aura plus de douleur dans nos souvenirs — hors du doute et de la peur, dans la rivière continuelle du temps, dans ses gestes, dans sa suite, dans sa survivance, dans son flot, dans son courant, demain, sans doute, nous pourrons naviguer dans la paix.

III

Deux mois plus tard, me voici au bord du Pacifique, perché sur le rebord du monde, contemplant la mer, ma vie résumée par ce voyage, cette promenade de mon corps à l'affût des sensations (et tous ces gens là-bas derrière moi, loin derrière moi, me disant : n'y va pas, cela n'existe pas), oui, perché sur la corniche du monde, je poursuis une marche insensée, maintenu en vie par le fil invisible de ma propre espérance.

Presque chaque jour maintenant, nous recevons des visiteurs. Teresa est revenue de San Cristobal ravie, resplendissante (deux jours à l'hôtel Posada Real, avec un de ses anciens amants, je l'apprendrai sans doute plus tard, pour le moment je veux bien croire qu'à cette saison-ci tout le monde est joyeux dans ce pays, plein d'entrain, de dynamisme et d'enthousiasme, et que — à cause de la température ou d'un mouvement inhabituel de la lune — de petits groupes d'hommes prennent l'habitude de se réunir pendant des heures autour d'une table et poursuivent des discussions de première importance jusque tard dans la nuit). On me présente toujours chaleureusement, « excellent ami de Montréal », et comme je ne comprends pas la langue, on n'est même pas obligé de m'envoyer jouer dehors, j'y vais de moi-même.

Deux semaines d'inactivité, c'est pure merveille, je croyais ne jamais être rassasié, le soleil coulait dans ma peau, dans ma chair, comme du miel. Mais la troisième semaine m'a paru plus longue et maintenant je n'en peux plus, j'ai des fourmis dans les jambes, l'envie de parler pendant des heures avec des amis, et je commence à douter de moi-même à force de ne rien faire qui vienne me prouver la réalité de mon existence. Nouveauté : je me suis mis dans la tête que le docteur Buenaventura manigance quelque chose et que lui et Teresa n'ont pas suffisamment confiance en moi pour me mettre au courant de leurs projets. J'en ai assez de ne jamais rien savoir. J'ai décidé de m'en aller.

C'est l'heure de la sieste, avec les ondes si particulières qui se créent lorsqu'un pays entier arrête de travailler et laisse toute la place au soleil. Dans la pénombre de la chambre, j'aime voir Teresa toute nue s'étirer à quatre pattes pour atteindre ses cigarettes, ses fesses rondes innocemment offertes à ma vue.

— Pourquoi veux-tu partir, Luis ? Je ne te comprends pas.

— Parce que. Parce que je suis fatigué de ne rien faire. Parce que vous ne m'aimez pas ici, vous n'avez pas besoin de moi, je vous dérange.

— Tu n'es pas bien ?

Elle s'approche de moi, s'étend le long de mon corps, pose sa main sur ma poitrine.

— Non, je ne suis pas bien.

Elle reste là sans bouger, un long moment. Puis elle se soulève sur un coude. La cendre longue de sa cigarette roule dans les draps, elle ne s'en préoccupe pas.

— Bon, écoute, je vais te dire quelque chose. D'abord il faut que tu saches que papa et moi, nous t'aimons beaucoup. Papa t'estime, il sait ce que tu as fait pour Angela, il ne l'oublie pas. (Oui, que sait-il, que savent-ils de moi, qu'y avait-il dans cette lettre d'Angela qu'en arrivant j'avais remise au docteur, aussitôt fort aimable avec moi?) Et puis moi, tu crois que je serais là, dans ton lit, si je ne t'aimais pas?

— C'est *ton* lit.

— Raison de plus! Luis, il faut que tu aies plus confiance que cela. Peut-être est-ce que tu t'ennuies, c'est vrai, nous avons été tellement accaparés depuis quelque temps avec tous ces visiteurs, mais il ne faut pas croire que nous ne t'aimons plus. Je ne veux pas que tu penses cela, Luis, jure-le moi.

— Bon, si tu veux, mais...

— Si tu préfères partir, bien sûr je ne te retiendrai pas, mais que vas-tu trouver de plus ailleurs? Et puis bientôt, tu verras...

Je me laisse endormir par la douce voix de Teresa, son accent musical aux intonations inattendues (et puis où irais-je, je n'ai presque pas d'argent). À l'oreille, elle me chuchote quelques mots qu'elle m'a enseignés. Je ris. Ses épaules sont dorées, la peau de ses seins fragile comme une soie. Je pense à Angela qui m'a envoyé dans les bras de cette femme (l'avait-elle écrit, cela aussi, dans sa lettre de recommandation: prends bien soin de lui, Teresa?). Teresa prend bien soin de moi, ses bras m'enveloppent d'un cocon tendre et nous faisons l'amour dans la grande chaleur du midi pendant qu'une mouche solitaire va et vient pour respirer la sueur de nos corps.

*   *   *

Le message a passé : aujourd'hui, le docteur Buenaventura a trouvé le temps de parler avec moi. Tout naturellement, comme s'il le faisait chaque jour, il est venu me trouver sur la terrasse où je lisais. Teresa m'a prêté quelques illustrés espagnols pour que je me familiarise avec la langue et un roman policier qu'elle m'aide à déchiffrer. Le magazine que je feuillette aujourd'hui annonce en gros titre : NAPOLEON Y HITLER, et le docteur Buenaventura en profite (« l'Histoire vous intéresse ? ») pour terminer sa biographie de Diego Diaz — j'ai eu amplement le temps de me renseigner depuis mais je n'en dis rien, c'est plus facile et ça me laisse l'esprit libre pour observer le docteur et évaluer son approche de la vérité, savoir s'il fait partie de ceux qui l'inventent ou de ceux qui y croient. Chez lui, la part de mensonge est minime : quelques dates inexactes prononcées avec beaucoup d'assurance et deux ou trois détails déformés par une mauvaise mémoire, le reste est conforme à l'original.

(La vie du docteur Buenaventura racontée par Angela, je m'y suis laissé prendre : « Un véritable aristocrate, tu verras, mais très chaleureux, tu ne pourras pas ne pas l'aimer. Cultivé, raffiné, mais sans aucune prétention. Un médecin, qui a fait beaucoup pour les pauvres et que le peuple aime beaucoup. Et un sens de l'humour tellement subtil que tu ne sais jamais s'il est sérieux ou s'il se moque de toi » ; naïf, j'ai passé trois semaines à me demander qui de lui ou de moi était un imbécile, maintenant je le tiens dans mon cerveau comme dans une main et je le dépose où je veux.)

48

— Vous savez, on dit que le pouvoir corrompt (et le pouvoir absolu corrompt absolument, oui, je sais). C'est le danger qui guettait Diego Diaz. Chassé du domaine où il travaillait, incapable de se réengager ailleurs, car tous ces propriétaires se soutenaient entre eux, il s'était trouvé en quelque sorte réduit au chômage. Alors il avait commencé à fréquenter les endroits où les hommes se réunissaient. Il sondait le terrain, parlant des abus des riches, répétant les histoires que les uns et les autres lui apprenaient, faisant ressortir clairement le sort misérable qui leur était réservé. À vrai dire, la démonstration n'était pas difficile à faire, pas plus qu'elle n'était difficile à comprendre. Chez les jeunes surtout, qui ne pouvaient envisager l'avenir que comme la longue répétition des peines de leurs pères, sans aucun espoir de s'en sortir, Diego Diaz trouva de nombreux partisans. Ainsi peu à peu fit-il naître chez ces gens l'idée de leur libération, l'idée qu'ils n'étaient pas condamnés à leur sort par un destin inévitable, par la Fatalité, mais bien par des hommes comme eux, des hommes qui avaient abusé de leur patience et de leur naïveté, de leur manque d'organisation. Vous imaginez la suite : revendications, refus, premières escarmouches, clandestinité, attentats, attaques. La lutte fut longue et difficile. Les grands propriétaires menacés ne reculaient devant rien pour apeurer et écraser la population. Mais plus les horreurs grandissaient, plus le peuple comprenait. En 1837, après six années de rébellion, Diego Diaz devint le maître de San Cristobal, de la région, du pays. Il redonna les terres à ceux qui les cultivaient, instaura des élections démocratiques, fonda des écoles. Le peuple l'aimait et lui faisait confiance. On le nomma gouverneur. Que se passa-t-il ensuite ? Se laissa-t-il prendre et séduire par sa puissance? Difficile à dire. Je me suis longtemps interrogé à ce sujet. On parle de liberté, on ne sait pas bien ce que c'est. Mais je pense que les libérateurs des peuples ne peuvent pas donner la liberté à ceux qu'ils tirent de l'oppression. Ils ne peuvent que leur en montrer le chemin. La liberté, c'est un cadeau qu'on se fait à soi-même. Soit dit entre nous, ajoute le docteur sur un ton plus confidentiel, je pense que la plupart des hommes ne sont pas faits pour la liberté, et vous savez pourquoi?

Je bois une gorgée de rhum et, pendant un quart de seconde, je pense à ma mère, si elle me voyait, pauvre maman, sans doute à faire la vaisselle ou à broder patiemment en compagnie de son chat, son fils à l'autre bout du monde, sous un soleil comme elle n'en a jamais vu, faisant la conversation avec un «personnage». (Mais attention, le docteur Buenaventura va me révéler pourquoi les hommes ne sont pas faits pour la liberté, cela mérite que je l'écoute.)

— Parce qu'ils sont trop paresseux, leur intelligence est trop paresseuse, vous comprenez? Ils aiment mieux rêver, ils ne savent pas ce qu'ils veulent. Ils ne savent même pas vouloir. Il faut avoir une idée de ce qu'on veut pour prendre une décision, il faut savoir où l'on s'en va, être déterminé à y parvenir. Aujourd'hui on pense qu'il suffit de faire des comités et de discuter, et que la décision à prendre s'imposera d'elle-même, qu'elle viendra des choses, qu'elle est inscrite dans les choses. Mais regardez l'Histoire: l'Histoire est faite par des individus volontaires et décidés. C'est le paradoxe du libérateur. Il faudrait qu'il réussisse à libérer le peuple de sa propre image — mais nos jeunes amis de gauche ont tous maintenant leur affiche de Mao ou de

Guevara. Je suppose qu'à l'époque on avait la même admiration pour Diego Diaz. Mais je m'éloigne... Oui, Diego Diaz fut nommé gouverneur et ainsi le premier pas fut franchi. Il eut d'abord un palais. Il s'y installa — avec une petite troupe, sait-on jamais. Et à mesure que sa puissance grandissait, sa folie grandissait dans une égale mesure. Un jour, le palais fut insuffisant, il lui fallut la citadelle que vous avez vue. Sa garde prit de l'importance, elle devint une armée rigoureusement entraînée, un véritable corps d'élite. Teresa vous a peut-être montré ce mur d'où l'on dit que les soldats préféraient se précipiter dans le vide plutôt que d'arrêter leur marche sans en avoir reçu l'ordre? Elle aimait beaucoup s'asseoir là, quand nous allions à la citadelle.

— Oui, elle m'a montré.

— C'est difficile d'imaginer des hommes aliénant aussi totalement leur liberté au profit d'un autre, et pourtant l'Histoire en est remplie.

(Je ne parviens plus à suivre le discours du docteur. Pourquoi ce mensonge, Teresa? Pourquoi m'avoir dit que tu étais sujette au vertige? Pourquoi voulais-tu m'éloigner? Qui allais-tu rejoindre, ce Canadien, cet ami de ton père, que préparez-vous dans mon dos?)

— Il prenait plaisir aussi à imaginer des lois absurdes, il pouvait passer des heures à les rédiger, de véritables petits chefs-d'œuvre, cruels ou parfaitement inapplicables. Personne n'osait plus s'opposer à lui. On se disait que pour agir de façon aussi excessive il devait compter sur des forces secrètes, une puissance mystérieuse. Lui-même d'ailleurs encourageait volontiers ces rumeurs. Il prétendait connaître la date de sa mort, communiquer avec les esprits. Il avait créé autour de lui un climat vaguement ésotérique... Mais je vous ennuie?

— Pas du tout, au contraire. Non, excusez-moi, c'est le soleil qui m'étourdit un peu.

— Oui, ne restez pas là, tenez, assoyez-vous ici.

Avec mon verre, je quitte la chaise longue où j'étais à demi étendu et je viens m'asseoir à l'ombre, à côté du docteur Buenaventura. Plus près de lui, je parviendrai sans doute à porter intérêt à sa conversation. Teresa saura sûrement trouver un mensonge convaincant pour me débarrasser de mes appréhensions.

[Et le lendemain, en effet : «Oui, c'est vrai, j'aimais bien m'asseoir là, tu as vu, c'est... saisissant, n'est-ce pas? Mais un jour un imbécile s'est approché de moi par derrière sans que je l'entende et m'a saisie dans ses bras en poussant un cri — j'ai eu tellement peur, Luis! (Elle tremble en se serrant dans mes bras au seul rappel de ce souvenir.) Oh Luis, tu doutes de ce que je te dis?»]

*   *   *

Le soir, nous allons à la discothèque (des affaires à régler). Jusqu'ici nous nous étions tenus à l'écart de la ville — vacances au bord de la mer, plage et soleil, santé, oui, c'est cela que j'étais venu chercher, le repos.

Maintenant Teresa cherche par tous les moyens à me distraire. Nous quittons la villa et, par la longue route qui borde la falaise, nous descendons peu à peu vers la ville, entrouvrant la nuit à la recherche des pierres précieuses de la lumière, plongeant au fond des gouffres (cette nuit-là, dans mes rêves, ville troglodyte, corridors bouchés, passages coupés, travailleurs s'ingéniant à fermer les issues), nous pénétrons le cercle extérieur de San Cristobal, le cerne gris de la pauvreté déposé sur les collines, les maisons délabrées, les familles assises sur les seuils dans la demi-obscurité, assises autour de l'insondable mystère de leur découragement, de leur misère — avec parfois des rires fauves éclatant dans la nuit sous les phares de l'automobile, comme des coups de feu d'avertissement ; un frisson parcourt la moleskine beige des sièges, sur les épaules de Teresa les délicats cordons de soie noirs vibrent. Elle fouille sous le tableau de bord et ses seins bougent librement sous le tissu léger de sa robe, petits bouts bruns se dressant sous la caresse. Elle glisse une cassette dans l'appareil et son ongle rouge se pose sur la touche blanche qui indique *play*, le bout de son doigt s'arrondit, s'incurve, s'arque sous la carapace brillante. Dans la nuit noire de l'auto, malgré les étoiles rouges, bleues et vertes des cadrans, c'est comme si Teresa attaquait sur un petit Steinway à quatre notes une polonaise de Chopin — la musique entêtée, grave et rageuse s'enroule autour de nous, objet de luxe notre sang bleu bat comme un témoin gênant dans les veines de nos poignets.

Nous sommes sortis des quartiers pauvres, nous dépassons maintenant des groupes de jeunes gens qui descendent comme nous vers le port. Dans les cafés nombreux on mange et on boit, c'est l'émotion humaine et toutes ses nourritures terrestres, les aliments de la passion, de la haine et de l'envie (odeurs lourdes des viandes et du sombre pressentiment des animaux qu'on entraîne vers l'abattoir, déjà leur chair révoltée se remplit d'ondes toxiques).

L'auto ralentit dans les rues étroites et bientôt nous touchons au but, le petit port frémissant sous la lune. Nous n'avons pas dit un mot durant tout le trajet. Le docteur Buenaventura stationne en se plaignant de la mauvaise organisation des parkings municipaux, il vient de mettre le pied dans une flaque de boue et cherche dans le coffre de la voiture un linge avec lequel il répare les dégâts (soulier de cuir fin souple comme un gant).

Nous marchons au bord du quai dans la nuit chaude, clapotis de l'eau le long des coques, grincement craquant des câbles (des nerfs qu'on étire, et les bateaux comme des instruments de musique flottants émettent les notes torturées de leur unique corde), odeur de chanvre et d'huile des amarres, le ciel est blanc d'étoiles et nous sommes suspendus parmi elles sur notre planète multicolore. Je tiens Teresa par la taille et caresse la rondeur de sa hanche. Le rythme régulier d'une musique mécanique nous parvient, découpant le temps en quatre morceaux égaux qu'elle renouvelle continuellement, comme une chaîne de montage. Nous nous guidons sur ce radar. C'est le petit royaume du docteur. Il nous installe au bar devant des verres colorés et par une porte dérobée se retire dans une autre pièce.

Teresa connaît beaucoup de gens ici. On vient la saluer, on l'embrasse. Elle me présente. Sourires. Parfois elle me glisse un mot d'explication, celui-ci a un commerce, une boutique, celui-là un voilier, celle-là est l'ancienne maîtresse de cet autre dont elle m'avait parlé. Tout cela n'a aucune importance. Babillage. Placotage. Sur la piste de danse, chacun fait son numéro. Femmes ravissantes, qui rient facilement, regards brillants, givrés — valences libres, mouvement d'électrons autour d'elles, noyau des groupes, cils vibratoires, ça ressemble à une lamelle de microscope dans un laboratoire de biologiste.

Mais tout à coup il y a un mouvement dans un coin de la salle. Une onde électrique parcourt la pièce, renvoyée de corps en corps : un organisme humain a émis son fluide mystérieux. La musique continue, mais plus personne ne danse, tout le monde s'est arrêté, figé par la menace. Les hommes se précipitent vers l'élément perturbateur. Regards menaçants. Brève empoignade. Sous les éclairs répétés d'un stroboscope, bagarre désarticulée, sourde, souterraine. Teresa a pris mon bras. C'est déjà terminé. Je vois le docteur Buenaventura appliquer un dernier coup de poing à l'un des deux combattants, juste en bas des côtes. L'homme se plie en deux. Il n'a rien vu. Personne n'a rien vu. Le docteur est tout sourire, la musique n'a pas cessé, il presse les danseurs de retourner sur la piste, je ne vois que ses gestes : « Allons, allons, amusons-nous. » Teresa s'excuse :

— C'est Vincenzo. Ce n'est pas la première fois qu'il fait ça. Il faut se méfier de lui. Il fait le trafic de la cocaïne ; c'est un petit revendeur sans envergure. Partout où il va, il attire les ennuis. Il prétend que papa lui doit de l'argent et il menace de tout casser.

Nous retournons nous asseoir au bar, Teresa et moi. Tout est déjà redevenu normal. Nous buvons encore. Plus tard le docteur Buenaventura reviendra, nous partirons aussitôt. À peine le temps de remarquer une déchirure à son veston, voici la nuit douce, la marche tranquille vers l'auto, la conversation aimable. Mais je sens bien les grands cercles d'ondes serrées qui vibrent autour de nous et épient comme un radar les rumeurs de la nuit.

[...] yeux pour prendre une décision, à son savoir ou son savoir-être déterminé à y parvenir. Aujourd'hui on pense qu'il suffit de faire des comités et de discuter et que la décision à prendre s'imposera d'elle-même, quasi sécrétée des choses, qu'elle est inscrite dans les choses. Mais regardez l'Histoire. L'Histoire est faite par des individus volontaires et décidés. C'est le paradoxe du libérateur. Il faudrait qu'il réussisse à libérer le peuple de sa propre image — mais peu, jeunes amis de gauche, soit vous maintiennent leur affiche de Mao ou de

IV

Cocaïne, oui. Voilà que ça recommence.

Avec une précision de chirurgien, un scalpel d'acier inoxydable réveille ma mémoire — zones engourdies, sommeil, tout à coup la pointe brillante pique une cellule précise et les souvenirs s'éclairent.

Les premiers jours avec Angela, ils brillent comme une pierre précieuse, durs comme la nacre d'une perle dans la matière molle de mon passé, chair informe du cerveau que fouille maintenant la lame aiguë du bistouri. Samedi, dimanche, l'hameçon, je l'avais dans la bouche. Étendu sur le lit à côté d'Angela, dans des draps de satin sous des arches de cuivre, j'interrogeais la carte du ciel suspendue au plafond, je cherchais à comprendre. Trop tard. Angela avait tourné des pages et des pages du livre que j'avais dans mon cerveau (ma propre histoire comme je me l'étais imaginée) et je me retrouvais dix chapitres plus loin : à moi de deviner comment cela avait pu se produire, ce qui s'était passé entre-temps. Coup de foudre. Je n'avais plus qu'à m'abandonner à l'évidence.

Qui était donc cette femme, que m'avait-elle fait pour ainsi s'emparer de mon cœur, de mon âme, de mon être? Pêle-mêle, j'apprenais sur elle toutes sortes de choses que j'essayais tant bien que mal de mettre bout à bout. Elle était sud-américaine, brésilienne d'origine allemande (ses premiers souvenirs d'enfance, des histoires de perroquets apprivoisés sur fond de forêt tropicale). Son père, un commarçant, mais plus aventurier que commerçant, entraînait toute la famille dans ses nombreux déplacements. C'est ainsi qu'Angela s'était retrouvée successivement au Panama, au Honduras, au Belize, puis au Mexique et finalement aux États-Unis. Sa mère en avait eu assez alors de suivre cet homme qui ne se fixait nulle part et semblait n'avoir d'autre but que de perdre le plus rapidement possible tout l'argent qu'il gagnait. Traînant sa fille derrière elle, elle était partie de son côté s'installer chez une sœur qui vivait à El Paso. Peu satisfaite du genre d'existence qu'elle y menait, Angela, qui venait d'avoir quinze ans, quitta brusquement sa famille et se retrouva à San Francisco. Là, je m'égarais un peu dans sa chronologie, mais après bien d'autres aventures (dont un mariage de trois semaines avec un politicien en vue du gouvernement Nixon) elle s'était retrouvée dans une cabane de pêcheur sur l'île de Vancouver où elle avait habité deux ans avant de venir à Montréal.

(Plus tard, Teresa, éclatant de rire: «Et tu avais cru tout cela?» — «Je n'avais pas de raison de ne pas le croire.»)

— Maintenant j'habite ici, disait Angela. C'est la maison d'un ami. Il est très riche. Il fait le trafic de la cocaïne. [Oui, c'est ce que j'avais cru alors — une vague affaire de cocaïne. Ramasser beaucoup d'argent, dépenser beaucoup d'argent (vacances, grands hôtels, plages, nuits dans les casinos, champagne, appartements majestueux, plaisir).] Tu vois, je suis une femme entretenue. Mais je n'aime pas l'argent, je n'en ai pas besoin. Un jour j'en ai, un jour je n'en ai pas, peu importe. Et toi?

Moi? J'étais séduit, je ne savais pas trop quoi dire. Je trouvais ma vie bien terne à côté de la sienne, mais les prodiges et les hasards qui avaient entouré notre rencontre me tenaient lieu de garants.

* * *

Puis le lundi, Angela disparut. Elle m'avait donné rendez-vous dans un bar, elle ne vint pas. J'attendis plus d'une heure. Je rentrai chez moi. Je n'étais pas inquiet — un contretemps sans doute. Passant devant la pharmacie du coin, je pensai aux photos et décidai d'entrer les chercher. Mais je fus surpris de ne pas trouver dans mon portefeuille le reçu nécessaire et plus encore lorsqu'un commis m'expliqua qu'une femme était passé les prendre le matin même.

— ... une jeune femme, rousse, plutôt petite.

— Ce matin?

— Oui, vers onze heures. Je m'en souviens parce que...

Je n'avais pas besoin d'explications. Du moins pas ce genre d'explications. J'aurais plutôt aimé savoir pourquoi Angela m'avait menti, pourquoi elle avait prétendu avoir un rendez-vous ce matin-là, pourquoi elle m'avait envoyé l'attendre dans un bar à l'autre bout de la ville, et ce que c'était que cette histoire, au juste, ce que je faisais là-dedans, moi qui n'avais pas demandé à y être, qui n'avais rien demandé du tout.

*   *   *

Cinq heures. Déjà le maigre, le famélique, l'inquiétant et pâle soleil, le froid soleil reprenait ses dernières miettes de chaleur — quelques traits pastels à l'horizon, puis la nuit. Les lumières de la ville s'allumaient. L'appartement m'étouffait, m'absorbait, me couvrait d'un voile d'impuissance. Deux jours sans nouvelles d'Angela. Trois jours sans nouvelles d'Angela. Parfois je sortais marcher, sous le ciel gris où le soleil n'était plus, à travers les nuages, qu'une tache jaune dans un œil fatigué.

Trois jours sans nouvelles d'Angela. Quatre jours sans nouvelles d'Angela. Dans ma caverne de troglo- dyte, tanière creusée dans l'interminable façade de briques brunes qui longe la rue Sherbrooke (immense falaise évidée, parcourue d'échelles, de corridors et de pièces obscures), je tournais en rond.

Quatre jours sans nouvelles d'Angela. Je n'attendais même pas son appel, je n'avais pas le téléphone dans cet appartement où je venais de m'installer, il n'y avait que des boîtes de carton dans chaque pièce, avec leur contenu s'étalant lentement tout autour au fur et à mesure de mes besoins. Dix fois par jour je marchais jusqu'à la cabine téléphonique au coin de la rue, je glis- sais une pièce dans la fente de l'appareil, je composais son numéro et je laissais sonner sans même porter l'écouteur à mon oreille.

Dix fois par jour je me traitais d'imbécile et pourtant je ne pouvais m'empêcher d'y croire puisque sur une seule planète de l'univers, dans une seule maison, vivait la seule femme que j'avais toujours désirée connaître et qui possédait de moi le seul portrait que je n'avais jamais vu.

D'ailleurs, qu'est-ce qu'il me restait maintenant sinon une foi aveugle dans la correspondance entre ce qui venait d'en dehors de moi et ce qui venait d'en dedans de moi? Croire, je voulais croire, je voulais croire de toutes mes forces parce que je ne savais pas assez et je ne saurais jamais assez, parce que la vie est un mystère absolu et infranchissable. Les chemins du monde sont si complexes et si majestueux que je me jette à genoux devant leur subtilité infinie.

Mais en ces jours creux de janvier j'avais besoin de toute ma raison pour garder la foi. Je marchais dans Montréal, j'avais le cœur lourd mais je tenais à garder une flamme allumée. Oui, à travers les siècles, obscurément, confusément, elle s'était toujours faite cette lutte entre mourir et ne pas mourir, entre ceux qui portent la vie (même dans la guerre, le sang et la mort) et ceux qui portent la mort (même dans l'ordre, la justice et la vie). Je n'aspirais pas au jour où tous les problèmes de l'homme seraient réglés et où nous pourrions nous asseoir tranquillement et attendre, l'univers devenu un immense bungalow où ne traîne plus une trace de poussière, attendre devant la télévision et la laisser manger nos rêves, nos yeux et notre cœur. C'est dès maintenant que j'aimais la vie, dans son désordre et ses apparences, malheureux, déçu, découragé de moi-même, avec rien devant moi — mais je savais qu'il y avait quelque chose devant moi, qu'il suffisait (oui, Angela) que je continue de marcher dans les rues de Montréal, que je n'abandonne pas. (Ah du courage, Louis, du courage, encore un peu de courage, tu n'es pas seul et partout, partout autour de toi des gens t'attendent pour partager leurs joies et leurs peines et la vie si vaste qu'on peut tout risquer quand on n'a vraiment plus rien à perdre. Allons, debout, continue ta grande promenade à travers les jours et les espaces, tes yeux voient, tes oreilles entendent, tout ton corps sent le froid, le chaud et les nuances de la fatigue, continue ta marche, tu n'as pas fini de tout voir et de tout apprendre, la vie te réserve bien des surprises, ne la déçois pas, mets-toi à son service, songe que tu lui appartiens.)

*   *   *

Le vendredi, on sonna à la porte. J'ouvris : elle était devant moi. Heureuse, enthousiaste, elle se mit aussitôt à me raconter ses aventures. Joie de revoir Angela, joie de la tenir à nouveau contre moi, de constater à nouveau la réalité de son existence, de ce charme secret et fluide, de s'assurer qu'il n'était pas qu'illusion, ni le fruit d'une imagination devenue délirante.

J'avais traîné quatre jours dans les labyrinthes de ma tristesse. Angela, elle, avait eu le temps de dîner avec un représentant de la Ligue des droits de l'homme, de passer une nuit à danser, d'aller deux jours à Québec, de se fouler un poignet et de rencontrer dans un restaurant une vieille femme extraordinaire qui avait été mariée à un anarchiste russe et qui lisait l'avenir dans une boule de véritable cristal. (Angela ne lui avait pas demandé si nous serions heureux, mais si nous aurions assez d'amour pour réaliser les desseins de la Providence en ce monde.)

Bien installée dans ma baignoire écaillée, dans la salle de bain vert pâle au plâtre craquelé, Angela retrouvée lavait maintenant sa peau des émotions, des paysages, des gens, des décors toujours nouveaux qu'elle avait traversés au cours de ces derniers jours (poussière d'étoile dans ses cheveux après le passage des galaxies). Peu à peu je commençais à deviner à quel point cette femme m'était semblable et dissemblable. Cela ne faisait aucun doute : elle connaissait un secret que je ne connaissais pas. En riant, elle m'expliquait qu'elle s'était bien moquée de moi, qu'il n'y avait ni cocaïne, ni Brésil, ni même Angela (mais son véritable nom elle ne voulut pas me le dire, pas tout de suite). Pourtant, à la place de cette histoire, il y avait d'autres aventures, des recoupements parfois, un voyage à San Francisco, un père qui ressemblait à celui dont elle m'avait parlé — et c'est ainsi que mon cerveau devint tout à coup le siège de la plus étonnante confusion, une confusion dont je n'arrive pas à sortir et qui est pour moi l'image exacte de l'univers.

Disparue pendant des jours, Angela ne reparut que pour me parler de façon embrouillée de son ami Pedro Alvarez qu'il fallait aider, aimer, accueillir, défendre contre un complot effroyable, sauver, oui, il fallait sauver Pedro Alvarez, je devais avec elle le sauver d'une mort certaine, et pour cela il fallait que je sois prêt à tout moi aussi, et même à risquer ma vie.

Dans quelle histoire m'étais-je finalement embarqué ? Moi qui croyais que c'était l'amour (l'amour alors me suffisait amplement, c'était pour moi le résumé de toutes les passions), finalement pour Angela ce n'était pas l'amour, il me semblait qu'il y avait toujours autre chose et que l'amour y était subordonné, autre chose à travers quoi l'amour se passait et atteignait sa véritable existence, son incarnation.

— Et toi, mon beau Louis, qu'est-ce que tu as fait ?

— J'ai pensé à toi, Angela, j'ai eu peur de t'avoir perdue, je t'ai attendue.

Avec un sourire elle disparaît sous l'eau, les yeux fermés, et je la regarde avec une sorte de désespoir, en partie immergée sous la surface mobile et chatoyante, genoux et cuisses émergeant en partie, luisants, lustrés, comme grossis et rendus plus réels par les mille minuscules loupes d'eau sur sa peau mouillée.

*   *   *

À mon tour, j'entraînai Angela dans un bar qu'elle ne connaissait pas. Place Bonaventure, sous cent mille tonnes de béton, mal située au bout d'un corridor en cul-de-sac (je me perdais toujours en essayant de la retrouver), une petite terrasse ridicule, absurde, avec des parasols de métal rouge et blanc et un enclos de verdure en plastique qui prospérait sous les néons. Mais à l'intérieur, passé un restaurant d'hommes d'affaires, se trouvait un bar avec d'immenses fauteuils de cuir, rassurants et discrets, et, surtout, c'était pour cela que j'y venais parfois, cette chose que je n'avais jamais vue ailleurs : sur une tablette (mais trop haute pour être atteinte) qui faisait le tour de la pièce, des livres. Des livres dans un bar ! Ah, j'oubliais aussitôt les tonnes de béton, Montréal et la neige, devant mon verre de gin et la petite bouteille de Schweppes, assis dans le Transsibérien qui traversait la bibliothèque du tsar Nicolas II, je venais de rencontrer la plus belle femme du monde et je buvais ses mensonges avec toute la ferveur de mon âme.

Oui, je m'en étais rendu compte : Angela mentait avec une facilité déconcertante — et cela me fascinait.

Je devais en quelque sorte reconnaître que ce n'était pas grave, que de toute façon il n'y avait rien de vrai et en même temps que je pouvais la croire. Elle mentait avec tant de grâce et de naturel qu'il n'y avait aucun critère de vérité que je pouvais lui appliquer. J'avais beau regarder attentivement ses oreilles, elles ne bougeaient pas, son nez n'allongeait pas, ses mains moites ne laissaient pas d'empreintes mouillées sur la table, son cœur ne faisait aucune acrobatie particulière.

Dans la nouvelle histoire que me racontait Angela (mais cette fois je pouvais la croire, c'était la vérité), il n'était plus question de cocaïne. La cocaïne ne l'intéressait pas («c'est bon pour les impuissants»), elle, elle aimait trop la vie, elle n'avait pas besoin de cela. Dans la nouvelle histoire que me racontait Angela, les choses se passaient dans la vraie vie, et dans la vraie vie il y avait Pedro Alvarez. Pedro Alvarez, exilé de son pays, qui risquait la prison et peut-être la mort (toutes ces histoires que je lisais dans les journaux, Amnistie Internationale et les déclarations démagogiques d'incroyables généraux, les manigances de la CIA et l'équilibre politique des blocs) — oui, il y avait toute une histoire qui n'en finissait plus de se déplier, de se compliquer, d'étendre ses ramifications. Un document secret sur lequel nous devions mettre la main, avec des noms, des dates, des faits précis et indiscutables. [On ne savait rien finalement de ce qui se tramait en dessous, en coulisse, dans les vestibules secrets de la chose politique. Il y avait des hommes pour qui les peuples, la liberté, la mort ne comptaient pas. Il y avait des intérêts commerciaux en jeu. Tout cela se tenait, tout cela formait un tout, une toile d'araignée gluante, une trame serrée dont on ne pouvait tirer un fil sans menacer l'ordre de tous les autres, un gigantesque réseau d'informations emboîtantes, qui s'ajustaient, s'étayaient et ne tenaient que par la force de l'ensemble (clef de voûte ou mouvement de rotation gyroscopique).]

'   On voulait que Pedro Alvarez se taise. Tout cela s'était fait d'abord fort civilement (salons d'ambassades, officines ministérielles, conversations polies). Son passeport n'était pas tout à fait en ordre. On avait entrepris des procédures d'extradition. Il ne restait plus que quelques papiers à signer lorsqu'Angela avait rencontré Pedro. Une semaine plus tard ils s'épousaient devant un pasteur de l'Église des Saints du Septième Jour. Le ministère de l'Immigration n'y pouvait rien. Alors les moyens employés devinrent plus radicaux. L'appartement de la rue Sherbrooke n'était plus sûr. Pedro vivait caché. Les deux hommes qui étaient venus chez moi le recherchaient. («Ce n'était pas la GRC, ce sont des professionnels, des mercenaires», me disait Angela avec horreur.) Ils finiraient bien par le retrouver. Il fallait aider Pedro, et d'abord récupérer ce document, par tous les moyens.

Ça devenait sérieux.

*   *   *

Ça devenait sérieux. J'attendais cela, l'inattendu. J'attendais cela, quelque chose arrivant de l'extérieur, je l'avais prévu, je m'y étais préparé. Maintenant, la carte de Montréal dépliée devant moi, j'étais excité. Les tracés rouges, je savais ce qu'ils signifiaient (la résidence du consul, celle de l'attaché commercial, le consulat, le poste de police, un restaurant). Mon cerveau travaillait bien, mon cœur battait plus vite et le sang affluait, rouge, propre, clair. Idées nettes, on aurait pu les porter en abscisses et en ordonnées dans des espaces quadrillés à trois dimensions, découper des hyperboles paraboliques précises comme des lames de rasoir.

Le passé, je n'en avais plus besoin. Ce n'était qu'une vieille chrysalide, une larve séchée, un cocon inutile, une enveloppe déchirée, brûlée par le soleil [les libellules, oui, je les regardais naître, passer de la vie aquatique à la vie aérienne sans oser croire qu'un tel miracle pourrait aussi m'advenir (voler de mes propres ailes, accéder à la solitude et au grand cœur du monde, oui, la plénitude, oui) (trop loin de l'enfance nous ne parvenons même plus à nous rendre compte qu'on nous a volé notre pensée, qu'on l'a enfermée dans un cul-de-sac dont elle ne peut plus sortir, que ce que nous cherchons ne peut se trouver qu'à l'extérieur totalement du système de logique et de vie que nous avons), c'est cela qu'Angela cherchait à me faire comprendre.

— Il n'y a pas de mystère. Il n'y a qu'un immense mensonge, le mensonge de la petitesse de l'homme et de son incapacité à changer le monde. C'est contre cela qu'il faut s'armer et lutter, l'immense médiocrité érigée en système. Ne laisse pas le monde détruire tes rêves.

Je ne savais pas faire grand-chose, je m'en apercevais petit à petit. J'étais plus doué pour les spéculations vagues et les théories vaseuses que pour l'action réelle et efficace.

Il fallait pouvoir agir rapidement. Sur la carte, je mesurais des distances, je calculais, je situais des zones, j'évitais des obstacles. Puis je sortais en repérage dans les rues. À nouveau, je marchais dans Montréal, rues si souvent parcourues à la traîne, de bar en bar, à la recherche d'un ami, d'une fille, d'une façon d'écouler le temps. Maintenant les rues étaient claires et signifiantes, je les voyais, leur largeur, leur longueur, les gens qui y passaient, les magasins, la circulation, ce n'étaient plus des rêves, ce n'était plus une rue indéfinie, grise, vague, abstraite, c'était une chose réelle et évidente, matérielle et solide, qui faisait partie de ma vie. (Angela disait : « La connaissance est dans l'action. ») Pour moi, les jours de la semaine se traduisaient clairement en trajets, en embouteillages, en obstacles, en surveillance, en corridors déserts, en sorties de secours. Le poste de police, je savais exactement où il était localisé. Le consulat, je connaissais le personnel dont il disposait. Ce n'était pas un jeu.

Angela me parlait d'anarchie, elle employait des mots si étranges que je ne comprenais pas comment je pouvais les saisir si aisément. Moi je ne pouvais pas dire ces mots. Ils représentaient une réalité inaccessible, ils ne collaient pas à ce que j'étais. Pourtant, oui, quand elle disait médiocre, petit, étouffé, je pouvais comprendre, tous les mots qui méprisent, réduisent et démolissent je les employais souvent, je les avais appris jeune. Mais quand elle disait anarchie, action, révolution, quand elle parlait de changer le monde, quelque chose en moi devenait triste, parce que je ne pouvais pas y croire, parce que je n'y avais pas droit.

— Mais c'est ta faiblesse qui parle à travers toi, Louis. Tu vois bien que tu as besoin toi aussi d'une révolution. Un homme ne faiblit pas ainsi. Un homme libre ne gémit pas ainsi. Il n'y a pas de rêves trop grands pour nous ; il n'y a que ceux qui prétendent que l'homme est petit parce qu'ils veulent qu'il en soit ainsi. Notre rencontre, Louis, ne te suffit-elle pas ?

V

Rencontres... Ma vie n'est faite que de cela finalement, comme si elle ne jaillissait pas de l'intérieur de
moi, mais m'advenait continuellement de l'extérieur,
rencontres imprévisibles, inévitables, prédestinées, oui,
comme si tout l'univers m'avait été prédestiné, comme
s'il m'arrivait, comme s'il n'arrivait qu'à moi, sans que
je puisse me placer ailleurs qu'en son centre. (Angela :
«Tu ne comprends pas, Louis. La seule chose vraiment
importante, la seule chose qui compte, c'est de changer
ta vision du monde, ta façon de voir le monde, de le
concevoir ; c'est d'admettre que le monde puisse être
en même temps pareil et différent de l'idée que tu t'en
fais, de l'histoire que tu te racontes. Quand tu auras
compris cela, tu n'essaieras plus d'englober le monde,
tu te laisseras posséder par lui, tes yeux s'ouvriront, ton
cœur s'ouvrira, ton esprit. Tu es seul, Louis, si tu restes
à l'intérieur de toi. Très seul.»)

Rencontres, oui. L'*ami de papa* a resurgi dans le
paysage. Cette fois-ci on nous a présentés : Teresa
cherche par tous les moyens à apaiser mes inquiétudes.
Il s'appelle Edward Caines [paranoïaque, je ne crois
pas une seconde à ce nom, je me souviens trop bien, les

premiers mensonges d'Angela, je ne savais jamais exactement quel jeu on jouait, je trouvais cela excitant, ne jamais être sûr de ce qui se passait au juste, qui était qui, si c'était vrai ou non (même l'amour à cette époque je n'aurais su le dire, pour chaque raison d'y croire j'avais une raison d'en douter), maintenant j'aimerais bien savoir une fois pour toutes ce qu'il y a derrière tout cela]. Eddie Caines : je ne l'avais vu que de loin, le voir de plus près ne me rassure pas. Il est décidément trop sympathique : bon géant roux en vacances, il porte aujourd'hui un pantalon pâle, une chemise moutarde à manches courtes et des souliers de toile bleue. Le genre golfeur motorisé, bras épais, bronzés, velus, allure d'ancien sportif, les yeux toujours plissés dans un sourire, yeux bleus rieurs, à peine troublés par quelques années d'alcoolisme, une dentition de piano un rien jaunie, les épaules solides, la quarantaine passée. Dans sa poche arrière, son portefeuille de cuir véritable déborde sans doute de papiers divers : lettres d'introduction, cartes d'affaires, visa serbo-croate, carte de presse, codes, fausses identités. Il nous apprendra tout à l'heure que sa montre est réglée sur l'heure de Washington où il téléphone trois fois par jour.

Installés à l'ombre du parasol jaune et blanc, sur le patio inondé de lumière, nous attendons le docteur Buenaventura. Hôtesse impeccable, Teresa nous sert à boire. Hôte accompli, Eddie Caines s'intéresse à moi, à ce que je fais («photographe», dis-je à tout hasard, en surveillant du coin de l'œil la réaction de Teresa). Pendant un bref instant, sans raison, j'ai l'impression que cet homme me tend un piège ; c'est physique, mon corps l'a senti avant moi. (Ma raison, avec la voix d'Angela : «Tu n'as rien à craindre, Louis. Personne ne sait que tu es impliqué dans cette histoire, je dirai au docteur Buenaventura que tu es un bon ami, il ne posera pas de questions, tu verras.»)

Eddie Caines parle de lui maintenant. Pendant quatorze ans, m'explique-t-il, il a été membre de la Gendarmerie royale, la Police montée, celle qui retrouve toujours son homme. Un frisson me parcourt la colonne vertébrale : je suis cet homme, mon histoire va finir comme ça, bêtement, ramené au Canada pieds et poings liés, mêlé à quelque ténébreuse affaire à laquelle je n'aurai rien compris. Une seconde passe. Deux secondes. «Il y a trois ans, continue-t-il, j'ai tout laissé tomber. J'avais tout ce qu'un homme peut désirer : une grosse maison, une grosse auto, une autre auto pour ma femme, une pour les enfants, un yacht, de la considération, une carrière enviable, *so what*?» Il n'était pas heureux. Il avait dit à sa femme : «Garde tout ça, *all that fuckin' shit.*» La richesse, le confort, le succès? «*Bullshit.*» Il avait pris un peu d'argent de poche («*a few thousand dollars*») et il était parti comme ça, un peu au hasard («*just like an old drop-out*»). D'une façon ou d'une autre, il s'était retrouvé en Inde. Un choc. «*Tremendous.*» Il y avait vécu plusieurs mois, méditant avec un guru, dans la montagne. Ça lui avait ouvert les yeux.

Je lui demande ce qu'il a découvert. «*Nothing!*» Il n'y a rien à découvrir, c'est cela la plus stupéfiante découverte. Les choses sont telles qu'elles doivent être. «*The universe is going as it should.*» Il suffit de se laisser aller à ce qu'on est. Il n'y a même pas de problème. La vie n'est pas un problème, elle est là, c'est tout. Il n'y a pas à s'en faire. De toute façon, nous sommes toujours exactement identiques à ce que nous devons être. Il n'y a pas d'effort à faire, c'est le contraire d'un effort. («*Let it be.*»)

Confortablement installé sur la terrasse, en maillot de bain dans la belle chaleur matinale, rassuré, j'observe ce phénomène sans trop comprendre. Ou cet homme est un saint, ou c'est un imbécile. Ou bien encore il se moque de moi. Amateur de jolies femmes (il l'a fait remarquer deux ou trois fois dans la conversation), il aime bien sous tous les prétextes caresser le bras ou la cuisse de Teresa. J'en deviens presque jaloux. Se laisse-t-elle séduire par cet assemblage de contradictions, de philosophie bon marché, de recettes de bonheur bourgeoises pour hommes d'affaires stressés? Méditation, cri primal, alimentation naturelle, *touch therapy*, tennis zen, yoga, massages, macrobiotisme, tout y passe, il a tout essayé.

Mais je ne suis pas au bout de mes surprises. Maintenant, Eddie Caines raconte sans sourciller qu'il a repris du travail, un peu dans la même veine que ce qu'il a déjà fait. Un travail d'enquêteur pour une agence gouvernementale américaine d'investigation dans les couloirs politiques d'un commerce hautement spécialisé: le trafic d'armes. C'est la raison de sa présence au San Chiquita. Et devant Teresa impressionnée, il me raconte toute une histoire où s'emmêlent, dans un désordre apparent mais avec une logique subtile, la politique sud-américaine des États-Unis, les accords de Yalta, Cuba, un cargo battant pavillon libérien, une société d'exportation bulgare, des caisses marquées «machines agricoles» et un ancien colonel de la RAF.

Je ne sais plus quoi penser. Comment peut-on parler de libération spirituelle et travailler pour le compte de l'empire américain dans ce qu'il a de plus détestable (je ne peux m'empêcher de songer à ce qui se cache derrière ces bavardages : des hommes en chair et en os, exploités, dominés, qui paient de leur sueur et de leur sang les combines ourdies par quelques puissants abrités dans les salles de conférence feutrées des sociétés multinationales). Tout à coup agressif, j'essaie de lui faire admettre cette contradiction. Bien mauvaise façon de s'en prendre à un adepte du zen. La contradiction ne lui fait ni chaud ni froid, caméléon à l'âme sereine, toujours disposé à ne faire qu'un avec le paysage. Ça ne l'émeut pas. Il incarne la contradiction. Tout est contradiction. Sans contradiction, le changement, le devenir seraient impossibles.

— Trouvez-moi une vérité, une phrase qui ne peut être contredite.

— Il y en a au moins une, d'un point de vue strictement logique : celle que vous venez de dire.

— Très juste, répond Eddie Caines avec un sourire.

Je réfléchis un moment et je me rends compte que je viens de me faire avoir. La seule phrase qui ne peut être contredite est celle qui dit que tout peut être contredit... J'ai beau retourner tout cela dans ma tête, il y a toujours quelque trou par où ça m'échappe, de l'eau qui glisse entre mes doigts.

Teresa s'amuse beaucoup à me voir m'emmêler dans mes argumentations. Caines lui fait du charme, la prend à témoin de la beauté incompréhensible de l'univers, avec des allusions à ses seins, à ses cuisses, au plaisir. Homme paradoxal, Eddie Caines admet au besoin que sa position est insoutenable. Et après ? Il est là, malgré tout, preuve vivante que cela ne l'empêche pas d'exister. Il est même d'excellente humeur et moi, moi dont la vie est juste, consciente, raisonnée, je me fais du mauvais sang, je m'énerve, je n'existe ni plus ni moins que lui et je ne profite même pas de mon seul passage sur la terre. Caines, lui, n'a pas besoin de justifier philosophiquement son existence. Au fond pourquoi chaque homme, de l'imbécile au philosophe, ne posséderait-il pas un discours parfaitement cohérent qui soit à sa façon l'entière vérité? Les choses sont là avant que nous les nommions et l'information n'est souvent qu'un empêchement à la vraie connaissance (déficients mentaux transportés par la musique, extraterrestres communiquant en fa dièse). Caines ne se sent pas responsable de l'univers.

— Mais que faites-vous des gens qui vous entourent, n'est-ce pas bien égoïste quand on pense aux luttes des peuples...

— Pouvons-nous prévoir les conséquences réelles de nos actes, connaître leurs répercussions à long terme? Il faut d'abord se changer soi-même. *Here and now*.

Pourtant je sais qu'il y a des gens qui meurent pour rien à cause de ces jeux de pouvoirs, de ces marchandages d'influences, pendant que notre homme au San Chiquita boit du scotch et reçoit 500 $ par jour pour assurer le salut de son âme. Si souvent me revient cette image du monde comme une fourmilière, avec sa hiérarchie naturelle, cité platonicienne où les esclaves ne se révoltent jamais, où la conscience n'a pas de prise, cet ordre inchangeable, implacable, inscrit dans la constitution biologique des êtres. Je ne veux pas que le monde de l'homme soit ainsi, abandonné sans recours à un destin extérieur, à une volonté divine, abstraite, intouchable, je ne plierai pas ma volonté à l'ordre établi (reines choisies par Dieu, je vous engrosserai d'enfants humains, retroussant vos élytres bavardes, découvrant vos coccyx luisants, je vous serrerai dans mes bras, bien enfoncées sur mon sexe, que vous l'acceptiez ou non).

(Avec Angela, tout cela je le comprenais bien, par sa simple présence Angela interdisait de telles conversations, débauches d'ego bourgeois, je souffre de ne pouvoir l'exprimer aussi bien qu'elle le ferait, détruire ce contradicteur qui ne me contredit même pas mais qui retourne toutes choses contre moi.) (Angela pourquoi m'as-tu envoyé ici, parmi ces gens qui ne te ressemblent pas, si loin de ta clarté? Que voulais-tu m'apprendre, m'enseigner? À me débrouiller seul?)

Étrange provocation — je ne sais plus très bien moi-même d'où me vient ce flot violent d'antipathie, je n'arrive pas à en faire l'analyse. Jalousie? Déjà à la citadelle, l'autre jour, sa simple vue (et encore, imprécise, myopique), sa simple présence avait fait naître en moi un sentiment paranoïde. J'avais peur, déjà j'avais peur de Caines, je l'avais perçu comme une menace — mais cette menace est bien différente de celle que j'avais supposée, je ne suis pas armé pour lutter contre elle, elle me provoque de l'intérieur de moi-même — oui, moi qui avais construit un monde logique, qui avais voulu voir clair dans le monde, que cela enfin se forme, se construise selon une volonté, émerge peu à peu du chaos, que cela devienne rationnel, contrôlable, habitable [oh que nous échappions enfin à la mort, à la mort et à toutes ses puissances désordonnées, telluriques, violentes, dionysiaques, sexuelles, musculaires, animales — (et si cet homme était la Mort? oui, si j'étais en train de jouer mon âme, ma vie, mon salut avec ce Sphinx de banlieue, cet incube sorti tout droit de la géhenne de mon cerveau, cet avatar salarié, cet ersatz, créature paradoxale de ma mauvaise foi, acharné à ma perte, à ma destruction, venu me dépouiller de mes masques superposés)], tous les efforts de notre civilisation entrepris contre cette seule grande présence inexplicable : la Mort. Tout l'ordre, les structures, les institutions économiques, politiques, sociales, toutes les idéologies, tous les ponts jetés sur les rivières furieuses, les gratte-ciel en équilibre précaire, les tunnels menacés d'engloutissement, les fusées savantes aux cerveaux gigantesques, tout ce qui se conçoit, s'explique, se justifie et se comprend en face de l'immense et incompréhensible arrêt de mort de la Mort. Survivre, survivre, prolonger le temps, ordonner, clarifier, régner, savoir, ego à la structure jamais achevée, jamais autonome, troué, perdu d'avance, nous n'y arriverons pas, pas par cette voie — et violemment je me jette contre moi-même, fou essayant de se détruire, de détruire ce qu'il a bâti, serpent ourobouro se dévorant jusqu'à la gueule. Cet homme a jeté un voile sur le monde, il l'a pris dans son filet transparent, ce chasseur de papillons lunatique, cette grenouille ébahie, inoffensive, neutre, indifférente. Il ne me provoque même pas, il ne demande rien, il est là, il fait partie de l'univers au même titre que ces fleurs, que ce parasol, c'est moi seul qui l'imagine, le crée, projette sur lui des images surgies de moi-même et m'essouffle à les combattre, moi qui me refuse — et cet homme inexistant, par sa seule présence, détruit mon personnage.

(J'ai vu les iguanes au jardin zoologique de Chiquita. Peut-être n'y a-t-il rien à comprendre.)

Je m'étais pourtant bien promis de ne plus jamais m'enfermer dans ce rôle d'avocat du diable, de ne plus jamais m'ériger en juge. J'étais là, bien dans ma peau, heureux de moi-même, et je plaisais à Teresa par cette insouciance même. Maintenant je me suis donné la mauvaise part, j'ai attaqué de façon maladroite cet intrus qui me dérange. Je n'ai plus envie de poursuivre cette conversation, c'est comme s'il y avait un écran entre le monde et moi...

Dans un vacarme extrême, deux avions militaires surgissent tout à coup de nulle part, fracas assourdissant, fuselages étincelants, et passent à basse altitude à une vitesse folle, juste au-dessus de nos têtes, puis disparaissent rapidement vers l'horizon, soudés l'un à l'autre, beaux et puissants comme des dieux. «F-104», précise Caines, et nous voici revenus au grand jeu des ambassades: ces réactés ont été vendus par notre gouvernement à celui du San Chiquita parce que nous en avions assez de les voir s'écraser dans les environs de Bagotville [le nom de Bagotville, dans l'air translucide d'ici, sonne étrangement, comme s'il s'agissait de la capitale récemment libérée d'un pays d'Afrique centrale (je me demande quelle idée Teresa peut bien se faire de Bagotville)].

Un lézard court sur le muret du patio, avec l'allure antédiluvienne d'un dinosaure et des gestes plus vifs que l'œil: est-ce cela l'image de la vie, Caines? Ce lézard est-il illuminé? (Tout le monde est-il illuminé, excepté moi? Suis-je le seul retardataire, attendez-vous patiemment que je termine mon initiation, ma course traumatisée dans le labyrinthe pour éclater de rire avec moi?)

Je me tais parce que je ne sais pas. Tout cela est trop compliqué maintenant. Maintenant trop de faits, trop de phrases, trop de gens, trop de souvenirs, trop de réalités différentes se disputent mon esprit, je ne parviens plus qu'à projeter devant moi l'idée d'une vaste structure imaginaire qui soutiendrait mon existence. Une sorte d'architecture naturelle, squelette, faisceaux vasculaires, molécule d'ADN — oui, faite de cercles concentriques ou de spirales enlacées, d'hélices, formée de cristaux, composée d'hexagones imbriqués, cœur d'héliotrope, œil de mouche, colimaçon, empreintes digitales, flocon de neige. Je ne vois pas pourquoi l'existence humaine ne répondrait pas quelque part, très loin, à d'aussi parfaites et subtiles géométries (rosaces, mandalas), et je m'acharne à vouloir saisir ce qui dans ma vie constitue l'élément répété sur lequel s'édifient les rythmes de la construction, quelque chose qui me permettrait d'accéder à d'autres niveaux (plus simples?) de l'existence. Peut-être la vie au fond ne repose-t-elle que sur une seule cellule, sur son développement, sa croissance harmonieuse, sa prolifération néoplasique, sa cancérisation — l'Un initial se développant d'abord dans son double, puis dans la conscience de son dédoublement et ainsi de suite (perpétuelle expansion de l'univers) (jusqu'à quelles limites?), puis revenant sur ses pas (antimatière, implosion?) et se condensant pour exploser plus tard dans un nouveau Big-Bang (le dieu barbare des peuplades scientifiques)?

Je me tais parce que je ne sais pas. C'est Teresa à présent qui poursuit une molle conversation, bien plus appropriée à l'heure matinale: quelques considérations sur la façon de préparer le véritable cabillaud créole, une recette qu'elle maîtrise à la perfection.

Je me tais parce que les poissons, je n'y connais rien.

VI

JE ME RÉPÈTE MA LISTE de vieux conseils : ne pas regarder en arrière, faire confiance à ce qui vient, ne pas se crisper, être ouvert, s'abandonner au monde, bla bla bla, je ne réussis pas à me convaincre. J'étais mieux à Montréal, j'étais mieux avec Angela. Près d'elle tout m'était facile, je n'avais peur de rien. J'aurais assassiné des princes, enlevé des ambassadeurs, rançonné des ministres. Éclairé par mon aura, désigné par une étoile, indiqué par une flèche, couronné par une auréole, j'avais tous les droits, tous les pouvoirs, c'était ma vie, j'en faisais ce que je voulais. J'étais enfin le héros de l'histoire, animé d'une confiance folle, tout tournait à mon avantage. Tout était excitant et le danger ajoutait au plaisir.

Près d'Angela, je sentais le flux de l'énergie à nouveau couler en moi, les envies, les désirs se lever, le goût du risque et de la nouveauté renaître. J'apprenais beaucoup d'elle. Elle était branchée sur quelque chose que je ne comprenais pas (l'intuition ?). Elle avait toujours raison avant moi, j'avais l'impression d'arriver à la course et essoufflé au terme d'une série de raisonnements et de la trouver calmement assise, m'attendant, après avoir emprunté un raccourci mystérieux à travers peut-être les plans de l'espace. Elle allait vite au cœur des choses et des gens, et mon approche tactique, stratégique, précautionneuse, me trouvait sans cesse pris en défaut. Je nous revois parcourant la ville en tous sens, nous avions toujours quelque chose à nous dire.

Souvenirs désordonnés. Déjà, à quelques mois de distance, les détails peu à peu s'amenuisent pour ne laisser que quelques images — oui, comme si une loupe posée parfois sur le passé me permettait d'en revoir plus clairement un passage. L'amour nous occupait beaucoup, (besoin de se toucher, osmose subtile, complices discrets du plaisir que nos corps prenaient l'un à l'autre), nous partagions notre temps entre le lit, les longues promenades, les cafés, les préparatifs — amoureux fortunés (du latin *fortuna*, hasard, chance, destinée) (oui, Angela), je laissais à ma destinée le soin de me guider.

Depuis toujours je courais vers cet instant, l'instant présent, celui qui recrée l'identité de l'homme et de l'univers. C'est cet instant bref et précis de la naissance, de la création du monde, c'est cela que j'avais longtemps voulu saisir. Maintenant je me rendais compte qu'il y avait peut-être une autre façon d'envisager l'histoire, rétrospectivement en quelque sorte, en explorant la chaîne solidifiée des événements réels comme s'ils étaient tirés de la fin et non propulsés du commencement. «L'avenir tire, le passé pousse», me disait parfois Angela. Et à l'entendre me venait toujours une envie immense de m'abandonner à ces forces obscures qui m'attiraient et qui n'étaient autres, je le savais bien, que moi-même, celui que je serais. Déjà dans les eaux maternelles, dans le liquide amniotique, déjà il y avait cette agitation, cette tension. Dépôt informe de milliers de rêves, le fœtus lutte de toutes ses forces pour retrouver son autonomie et se mener à terme, pour échapper à l'imaginaire et se réaliser de façon de plus en plus précise, efficace, réelle.

Angela marche à côté de moi, je sais que je ne suis encore que son ombre, elle tient mon bras mais c'est moi qui la tiens par la main. Une seconde, je la regarde du coin de l'œil : elle n'a aucune hésitation et s'avance droit vers le but qu'elle s'est fixé. (Oh Angela, c'est dangereux, nous sommes si bien immobiles, restons dans les bras l'un de l'autre, indéfiniment, ne risquons pas notre bonheur...)

Pour la première fois de ma vie, je jouais avec un vrai revolver. Angela me l'avait donné, comme un signe, comme si la mort maintenant était plus près de moi, comme si sans elle la vie n'était qu'un rêve (à chaque instant savoir que l'on s'affirme, que l'on surgit, que l'on se crée, que tout cela peut finir, l'action n'a pas d'autre sens). Je l'avais glissé dans la poche profonde de mon manteau d'hiver ; cela ne faisait même pas une bosse, simplement quelques plis inhabituels auxquels seul un couturier à l'emploi de la CIA ne se fût pas laissé prendre (vérifiant mon image dans le miroir et me regardant dans les yeux, j'avais été surpris de n'avoir pas du tout envie de rire). Je l'avais, maintenant, le sens de la vie (ah je croyais alors que je ne le perdrais jamais plus et que chacune des secondes subséquentes de mon existence allait posséder cette même profondeur — mais comment, comment peut-on posséder ce mystère et le perdre ? Si souvent ma vie avec ses hauts et ses bas s'approche et s'éloigne de cette lumière).

Dans ma poche, je touchais avec un plaisir étrange le métal poli du revolver, objet lourd, masse résolue, chargée d'énergie, assez puissante pour d'un seul coup arrêter sec le mouvement de la vie, même dans un organisme beaucoup plus robuste que le mien (d'une simple pression du doigt, je pouvais me débarrasser d'un homme bien développé, s'entraînant chaque jour à la boxe, à la course à pied, aux poids et haltères).

Jusque-là j'avais vécu dans un rêve. (Étais-je le seul? Avions-nous tous vécu dans un rêve? Et ceux qui nous entourent, ceux-là, impossibles à atteindre, qui sont en dehors de nous, que nous faisons pénétrer à l'intérieur de nous, ne les déguisons-nous pas du masque de nos propres rêves, ne deviennent-ils pas nos personnages quand, dans notre cerveau, nous créons leur vie toute pareille à la nôtre, sans rien connaître d'eux que leur image?) Maintenant j'avais l'impression d'atterrir et que, par je ne sais quelle magie, je touchais enfin la substance solide d'êtres réels, par le détour inattendu de je ne sais quel saut, foi, pensée matérialiste, évidence, réalité brute, empirisme radical, *adequatio rei et intellectus*, hiatus comblé, *credibility gap* franchi — par la présence d'Angela, par sa présence indéniable, par ses mensonges, par Angela m'échappant toujours, oui, j'étais enfin déséquilibré, arraché, ébranlé, forcé, remis au monde, contraint, acheminé, provoqué, désaliéné, libéré, je cessais d'être liquide, j'apparaissais sous le regard des autres, je touchais à la vie, je reprenais contact avec le sol.

L'action, oui.

Nous avions bien préparé notre coup. Le consulat était situé rue Mansfield, un peu au nord de Sainte-Catherine, au quatrième étage d'un édifice commercial.

Je connaissais les allées et venues du personnel. Angela connaissait celles du consul. Les documents étaient dans un attaché-case noir qui ne le quittait que rarement. Le vendredi soir, il y avait toujours un certain flottement dans le rituel routinier du bureau. Nous avions choisi ce jour pour agir. D'un restaurant situé à l'étage nous faisions le guet. À cinq heures, les secrétaires partirent, puis l'attaché commercial et le secrétaire particulier du consul. Il ne restait là-haut que le petit homme chauve qui nous intéressait. Sortis de l'ascenseur, nous avions passé nos cagoules (des passe-montagne de ski que j'avais achetés dans un magasin bon marché). Au bout du corridor, la porte de chêne, massive, était entrouverte. Je suivis Angela, revolver à la main (je ne savais pas trop comment le tenir, heureusement tout se passait trop vite pour que j'aie le temps d'y penser, déjà nous étions à l'intérieur de la pièce pleine de battements de cœur, mon cœur, le cœur d'Angela, accrochés, rouges, dans nos poitrines transparentes, le cœur du monde qui battait, battait). Le tapis de la réception étouffa le bruit de nos pas. Dans une deuxième pièce se trouvait le consul. Il nous regarda avec tant de haine, impuissant, traqué, j'avais encore plus peur que lui, mais, masqué, mes sentiments véritables ne se voyaient pas. J'étais la figure froide et implacable du destin.

L'attaché-case était là, bien en évidence. Le coffre-fort était ouvert, le consul y rangeait des papiers. Angela le menaça de son revolver. Par réflexe, il avait levé les mains. Je le poussai vers un vestiaire exigu, dans le coin de la pièce, où pendait un manteau de rat musqué. Il y entra sans se défendre. Angela m'aida à bloquer le lourd pupitre contre la porte. Elle enleva sa cagoule, moi aussi. J'étais en sueur. Elle prit l'attaché-case, me le donna, sans me regarder, et sortit. Je la suivis. Dans le corridor, il n'y avait personne. Nous avions décidé de redescendre par l'escalier. Débouchant dans le hall d'entrée, nous n'étions plus qu'un couple charmant et anodin, heureux de terminer sa semaine laborieuse — et j'avais l'impression d'être en train de sauver le monde.

* * *

Ça s'était passé le vendredi. Très tôt le dimanche matin, nous étions en route vers Sherbrooke. Nous n'avions pas eu le temps de réfléchir. *Ça* nous guettait. *Ils* savaient où Pedro se cachait. *On* nous avait prévenus. L'action nous poussait dans le dos, décidait pour nous, entraînait toujours plus d'action. Oui, il fallait y aller, parce que toute cette aventure attendait après nous pour se dérouler, pour déverser sa rage, pour empêcher encore une fois quelque chose de naître, pour changer la beauté en tragédie. Naïf, j'espérais comme un fou, pendant que le lourd appareillage de la petitesse faite loi se préparait à rendre justice à ses peurs. Avant de partir, nous nous étions embrassés — un baiser qui existe encore, j'en suis sûr, pendant que tout le reste s'est évanoui dans son dégoût et sa stupidité, un baiser brillant et lumineux dans le matin enveloppé d'hiver comme d'une fourrure bleue. La ville sortait lentement de l'obscurité et je savais que plus jamais rien ne serait pareil (et rien n'a plus jamais été pareil, cela aujourd'hui je le sais). Oui, malgré le destin qui nous attendait, nous espérions, et les instants que nous vivions un à un étaient beaux.

Au volant, heureux de conduire dans la journée naissante, je roulais dans les rues désertes. À côté de moi, Angela, la mallette noire à ses pieds, regardait droit devant elle. Étions-nous l'âme de ce monde endormi, ses anges libérateurs? J'essayais d'éviter cette pensée vaniteuse qui s'insinuait en moi, je n'en voulais pas, je savais que je ne serais pas libre tant que je ne m'en serais pas délivré, tant que je ne me serais pas délivré de l'image de la liberté, de toute image de moi.

Nous avions franchi le pont Jacques-Cartier, ossature délicate s'arrachant aux quartiers de briques rouges, à l'immense manufacture de la misère — Montréalais de naissance, je n'avais pas la tête pleine de forêts et d'animaux sauvages, mais j'aimais l'enseigne lumineuse de Molson passant du rouge au bleu derrière les nuages glacés que soufflait sa cheminée, la biosphère de Buckminster Fuller, œil de mouche géant posé légèrement sur le sol. Puis, toujours silencieux, nous avions suivi le fleuve avec ses glaces à la dérive, à notre droite la Voie maritime, bientôt le mécano compliqué du pont Victoria et toujours, au nord, la silhouette de Montréal se précisant dans le matin, avec sa montagne aplatie derrière les gratte-ciel peu nombreux du centre-ville: Place Ville-Marie, Château Champlain, Square Victoria, Sun Life, BCN, Hydro-Québec, Complexe Desjardins, et Radio-Canada plus à l'est, poursuivant seule son effort de décentralisation. Je les connaissais tous, j'avais été dans chacun d'eux. Ce matin-là, je me rendais compte que je connaissais Montréal par cœur, comme on connaît son village, oui, c'est l'impression qu'il me restait de ma ville à mesure que je m'en éloignais: un grand village posé sur le septentrion, à la limite du bon sens, dans un climat trop froid, une terre d'Esquimaux et d'Indiens que nous avions usurpée, colonisateurs avant d'être colonisés, où nous n'étions pas vraiment à notre place, obligés de nous creuser une ville souterraine, une capitale extraterrestre recréant sa propre atmosphère sur une planète inhospitalière, une maquette futuriste recouverte d'une fine pellicule de glace comme d'un dôme transparent et dont on ne sortait que muni d'une combinaison d'astronaute et d'un visa spécial permettant de franchir les contrôles bactériologiques, indispensable protection contre le rhume annuel et le désespoir ordinaire. (Ah Sud! soleil! chaleur!)

À l'abri des intempéries, transportant avec nous notre microclimat, nous roulions sur l'autoroute des Cantons de l'Est, traversant rapidement les banlieues de bungalows symétriques et leurs centres commerciaux, et presque tout de suite en pleine campagne, les forêts grises d'érables dénudés succédant périodiquement au paysage plat et blanc, avec le soleil réapparu qui jetait un peu de sa chaleur sur les maisons fumantes dispersées dans les champs de neige bleue — et sur nos cœurs.

(Ah descendre, descendre vers le sud, ne pas s'arrêter, descendre vers la Virginie, plus loin, vers la Georgie, vers la Floride, tourner vers la Louisiane, vers le Texas, ne jamais s'arrêter, aller se réchauffer éternellement sous le soleil du Nouveau-Mexique, du Mexique, de l'Ancien Mexique parmi les ruines grandioses des civilisations maya, inca, aztèque et toutes les autres que nous ne connaissons même plus, qui élevaient des pyramides pour saluer les dieux et les soucoupes volantes...)

*   *   *

Plus loin, le paysage était devenu montagneux. Le soleil brillait, le ciel lui-même, d'un bleu intense, étincelait de l'est à l'ouest, du nord au sud, électrique et glorieux. On sentait comme un avant-goût de printemps, de dégel, de rigoles, de ruisseaux, de terre brune et molle, oui, tout cela me paraissait dans l'ordre des choses : un grand ciel bleu et le goût de l'action.

Nous avions quitté l'autoroute et nous nous étions engagés sur des routes tranquilles, pistes d'asphalte noires et mouillées dans la neige blanche. Je suivais les indications d'Angela. Le paysage s'était refermé entre de courtes montagnes couvertes de conifères, le long d'une rivière gelée ; puis il s'ouvrit à nouveau sur des champs de neige et une vallée paisible. Quelques kilomètres encore et nous étions rendus. Un colley jaune et blanc, venu à notre rencontre, accompagna l'auto en jappant et en sautant, risquant dix fois de se faire écraser. Joyeuse, Angela lui parlait à travers la vitre (il s'appelait Fidèle). L'entrée, bordée de bancs de neige, s'élargissait devant la maison. Une automobile s'y trouvait déjà. Je jetai un coup d'œil à Angela, mais tout paraissait normal. Je stationnai. Éparpillés tout autour, il y avait quelques bâtiments de petite taille, en planches grises usées par le temps : un poulailler, une remise quelconque, en plus ou moins bon état, qui ne servaient visiblement plus (leurs portes bloquées par la neige) et plus loin une bâtisse de plus grande dimension, au toit crevé, dont les murs s'affaissaient sans recours. Angela était descendue, mallette à la main, le chien joyeux bondissant autour d'elle. Je sortis aussi. Ça sentait le feu de bois. Le froid était bon. Des chats surgissaient d'un peu partout, curieux mais feignant l'indifférence.

La maison était en meilleur état que les bâtiments. Sa toiture en pignon, sans lucarne, recouverte de tôle, avait été repeinte d'un beau rouge vif, seule tache de couleur dans le paysage environnant (même les courts sapins serrés le long des murs paraissaient plus noirs que verts).

Pedro apparut à la porte, souriant, sans doute un peu surpris de cette visite inattendue (nous n'osions plus téléphoner). Angela l'embrassa, puis me présenta. Il me regarda un long moment, d'un regard observateur et soutenu. «Étonnant», dit-il finalement, et me tendant la main il ajouta: «Tu sais, le tableau, je l'avais donné à Angela parce qu'il me faisait penser à elle, je trouvais qu'il lui allait bien, les couleurs, l'atmosphère... C'était mon cadeau de "mariage": le portrait de son futur amant — quelle ironie!»

Il parlait d'une voix un peu sourde et me parut plus vieux que je ne l'avais imaginé (quarante ans?). Le teint brun, les pommettes hautes et saillantes, le visage large et un peu plat, le nez légèrement aquilin, Pedro avait quelque chose d'un descendant inca qui n'était pas sans rappeler les traits des Indiens d'ici, mais avec un métissage africain (narines plus épatées, lèvres plus épaisses) qui amenuisait le caractère asiatique.

En parlant, nous étions entrés dans la maison. De l'autre côté de la porte, c'était tout de suite la cuisine avec, serrés l'un contre l'autre, l'ancien poêle à bois et la cuisinière électrique coinçant dans l'angle de la pièce le réfrigérateur trop gros qui obstruait un coin de la fenêtre à quatre carreaux. Au centre, une table, au-dessus de laquelle pendait un abat-jour recouvert d'un tissu de laine. Sur la nappe à carreaux rouges et blancs, des livres, des papiers.

— Tu vois, je travaille, dit Pedro en mettant un peu d'ordre. J'aime bien cette maison, elle m'encourage. Moi, pauvre exilé, à cause d'elle j'ai l'impression de ne pas être jeté sur la terre comme un étranger.

Il faisait en parlant des gestes avec ses deux mains à la fois, les doigts légèrement écartés, les paumes tournées vers le bas. C'étaient des gestes différents des nôtres, comme si, même en parlant français, il continuait à faire ses gestes en espagnol.

— La nuit, quand je me couche, je pense à tous ceux qui ont vécu ici. C'est comme leur monument, cette maison. C'est le moule de leur passage à travers le temps. Parfois je sens encore leur présence et je sais qu'ils ont beaucoup travaillé.

Angela préparait du café (à l'assurance de ses gestes, je voyais qu'elle connaissait bien les aires de la maison). Mais elle ne disait rien, et moi je ne savais pas trop de quoi je pouvais parler. Il y eut un moment de silence.

— Mais quelque chose ne va pas, dit Pedro. Qu'est-ce que c'est?

L'eau chauffait sur le poêle dans une bouilloire ventrue au bec gracieux comme une trompe d'éléphant. Angela posa les tasses sur la table et raconta rapidement ce qui s'était passé.

— Merde, dit Pedro. Quelle misère! Ces imbéciles ne me laisseront jamais tranquille. Alors il va falloir encore que je parte... mais pour aller où?

— Aux États-Unis, dit Angela. Les États-Unis sont grands. J'y ai de bons amis. Cela te laissera un peu de répit. Eux te chercheront encore ici.

— Et la frontière?

— Nous y avons pensé.

Je connaissais une petite route, près de Chartierville, pas très loin d'où nous étions, qui n'était jamais gardée l'hiver. J'avais tracé un plan de la région. J'expliquai à Pedro le chemin à suivre.

— Oui, c'est sans doute la seule solution. Encore partir, toujours partir. Voilà. Pas de paix, jamais la paix. La terre leur appartient et moi je les dérange parce que je dis qu'elle ne leur appartient pas.

Il ramassa quelques affaires, prit sa valise dans sa chambre.

— C'est drôle tu vois, on est dehors, on est libre, alors on parle. On dit ce qu'on voit, ce qu'on aime, ce qu'on n'aime pas, et par tous les moyens ils veulent nous faire taire. Ils nous cherchent, ils courent après nous et, s'ils nous attrapent, ils nous mettent en prison. Et là, quand nous sommes en prison, ils essaient par tous les moyens de nous faire parler. Tu y comprends quelque chose, toi?

Les adieux furent brefs. Pedro fit démarrer la voiture et laissa tourner le moteur. Il plaça la mallette noire à côté de lui sur le siège. Il s'inquiéta de ce qui allait nous arriver. Il embrassa Angela tendrement, puis me donna la main. «Merci, dit-il. Et ayez confiance. Gardez toujours confiance.»

Dans les deux autos, nous avions alors quitté la maison, Pedro tournant d'un côté, nous de l'autre. Et tout à coup tout avait été fini. Nous étions rentrés à Montréal presque sans échanger un mot, Angela somnolant sur la banquette à côté de moi.

*   *   *

Plus tard dans la soirée, nous finissions de souper lorsque le téléphone sonna. Angela répondit puis, bouleversée, vint s'asseoir sur mes genoux, ses bras autour de moi, sa tête dans mon cou, agitée de pleurs. Quelque chose s'était produit, mais elle ne voulait pas me dire quoi. «C'est Pedro?» Non, il n'était rien arrivé à Pedro. «Il vaut mieux que je n'en parle pas», disait Angela. Je ne savais pas quoi faire. Je devais la consoler, la rassurer (elle tremblait et s'était finalement alitée, elle qui n'était jamais malade), mais je ne savais pas de quoi il s'agissait, je ne pouvais pas lui dire que ce n'était pas si grave, que ça allait s'arranger. Ne sachant quel comportement adopter, je restai près d'elle jusqu'à ce qu'elle s'endorme.

Le lendemain, elle s'éveilla plus calme, elle avait repris la maîtrise d'elle-même. Elle m'expliqua doucement que nous devions nous séparer, que je devais partir, qu'elle s'en irait aussi de son côté. Je n'avais rien à craindre, je n'étais pas mêlé à ça, il valait mieux que je ne sois pas avec elle, simplement. Ce qui s'était produit, elle m'en parlerait plus tard, quand nous nous reverrions. Pour le moment, il valait mieux ne rien dire, attendre que les choses s'arrangent, qu'il passe un peu de temps. Elle connaissait un endroit où je pourrais me reposer. Elle avait des amis, ils s'occuperaient de moi, ils ne poseraient pas de questions. J'essayai de protester. Je voulais rester près d'elle, je voulais savoir. Je me fâchai presque. «Ne va pas tout gâcher, Louis.»

C'est ainsi qu'un soir de la mi-février, j'aboutis au San Chiquita, dans un état de confusion qui, joint à mon teint pâle d'hiver, fit croire à Teresa que j'avais grand besoin de repos, de calme et de chaleur humaine.

VII

Chaleur. Étendu sur la plage à côté de Teresa, je ne pense à rien, j'ai l'impression de ne plus être là. J'ai l'impression d'avoir déposé mon corps au soleil et de m'en être retiré. Je le laisse respirer — il respire. Parfois, il bouge une jambe, un bras (milliers de mouvements des muscles et des nerfs, poulies biologiques, fibres, câbles, allongement des tendons, déplacement des vertèbres, inclinaison des côtes, transfert des points d'appui, travail de charpente, résistance des matériaux, os, glandes, organes, irrigation, aération, chauffage, flux et reflux du sang, c'est la vie, la vie elle-même à l'intérieur de moi, manifestée par l'énergie mobile de mon corps).

(Hier, à San Cristobal, j'ai observé un chien solitaire qui traversait le port d'un air résolu et qui semblait très bien savoir ce qu'il faisait, comme un comptable qui rentre à la maison sa journée finie. Ce chien m'avait étonné, si libre, s'arrêtant au passage pour jeter un coup d'œil par la vitrine d'un café, puis continuant sa route. Il ne lui manquait qu'une cravate et une montre. Maintenant c'est mon corps qui me paraît ainsi autonome. Il n'a pas besoin de moi.)

Dans quelques jours, il me faudra repartir, oublier tout cela, retrouver Montréal et les interminables giboulées d'avril. Six semaines de vacances. Quarante-cinq jours. Ma destinée réglée par les tarifs forfaitaires d'Air Canada. Oui, il y a six semaines j'atterrissais au San Chiquita, après cette longue traversée de nuit dans le ciel noir des Amériques. Je ne savais rien de ce qui m'attendait et malgré toutes les bonnes paroles d'Angela, malgré ses baisers, malgré les évidences, le doute m'avait envahi, m'avait repris dans son piège, et je ne savais pas comment m'en sortir. Le doute, terrible trou noir de l'esprit, là où l'univers perd confiance en lui-même. (Toujours je me suis passionné pour l'astronomie, c'est-à-dire que toujours j'ai voulu savoir ce qu'un astronome qui avait passé la journée à contempler le fond de l'infini pouvait dire à sa femme, le soir, au souper.)

Oui, quand l'amour d'Angela n'avait plus été là pour me soutenir, j'avais vu toutes sortes de monstres surgir des rivages de mon imagination, des lézards difformes, des ptérodactyles funèbres, de monstrueux tyrannosaures et des vers nécrophages qui s'attaquaient à mon cerveau, toutes les horribles hypothèses de la peur et de la mort m'engloutissant presque jusqu'à la suffocation ; et, solitaire, je passais des heures terribles à errer sur les montagnes avoisinantes, à geindre, à pleurer, à me plaindre, à implorer les dieux de me donner un signe de leur existence. (J'ai crié ton nom, Angela, dans des paysages grandioses qui ne me renvoyaient aucun écho et me laissaient me débrouiller avec ma solitude — tout mon esprit tourné vers le passé, refusant de s'arracher à sa vieille peau, peureux comme pour une seconde naissance, traversant encore une fois l'angoisse de laisser sa place au nouvel occupant.)

Très loin au-dessous de moi, la mer frappait la plage de sa cadence régulière. Je m'appuyais contre les arbres comme s'ils étaient ma seule consolation, comme s'ils allaient me prendre dans leurs bras, comme si j'allais sentir leur vie, les toucher comme des animaux, comme des amis. Je laissais les gémissements, les plaintes, couler à travers moi, je n'étais plus qu'un instrument pour exprimer la douleur. (Quel fou j'étais... Dans le plus beau paysage du monde, je sombrais dans la déréliction, je ne songeais qu'à mourir.)

Au bout d'une semaine difficile, épuisante, Teresa était apparue, fille du docteur Buenaventura d'abord, puis bientôt ma maîtresse, et tout avait peu à peu changé. Belle Teresa. Belle Teresa qui ne demandait rien, bienfaisante comme un baume sur mes blessures. Corps parfait, plein, généreux, mon attirance pour elle avait d'abord été physique (les premiers temps surtout, Teresa et moi faisant et refaisant et refaisant l'amour, comme si je n'arrivais pas à reprendre pied, comme si mon esprit était troué, comme si toujours le vide s'ouvrait devant moi et que, incapable d'inventer un sol porteur, je n'avais que ce chatouillement perpétuel à la hauteur du sexe pour ne pas sombrer à l'intérieur de moi-même dans des abîmes imaginaires). Elle était là depuis deux jours, je la connaissais à peine et déjà je dormais dans son lit. Nous étions restés seuls à la villa, je n'avais eu qu'à lui dire qu'elle me plaisait, le reste s'était fait tout seul. Tous deux nous portions ce besoin de tendresse et de plaisir, nous n'avions pas posé de questions.

(Toutes ces femmes avec qui je ne pensais qu'à faire l'amour et qui tenaient absolument à m'expliquer qui elles étaient, ce qu'elles pensaient d'elles-mêmes, et moi silencieux je les laissais parler, croyant que cela ne servait à rien, qu'il ne servait à rien de regarder au fond de soi, qu'il n'y avait rien au fond de soi, pas de terme à la connaissance de soi, et que l'amour lui-même était la seule vraie connaissance, l'amour et la création, et que ce qui comptait finalement c'étaient nos actes et jamais nos projets, jamais non plus nos analyses, jamais nos ratiocinations, nos justifications, nos interprétations, jamais ce que nous pensions de nous-mêmes.)

Connaître. Au fond, pendant ces quelques semaines, je n'ai rien fait pour connaître Teresa, je ne me suis pas intéressé à elle. Bien sûr nous avons eu de longues conversations, nous avons parlé de tout et de rien, d'art, de cuisine, des grands mystères de la vie et de nos petits problèmes personnels ; mais l'amour n'était pas là. Il n'y a rien eu de cet élan, de cette passion, de cette illusion peut-être qui m'avait entraîné, emporté, enthousiasmé, enflammé avec Angela [illusion, je donnerais cher pour m'illusionner à nouveau de cette façon, pour m'illusionner ainsi avec toutes les femmes — illumination, oui, le souffle coupé par le bonheur, par la sainte confirmation de l'esprit, des mystères de l'organisme, de l'immense imagination à l'œuvre dans l'univers (à comparer à cela notre imagination à nous si pauvre, si démunie, si réduite, si incapable de parvenir ainsi à cette profusion et cette précision des détails qui font que toujours l'image du monde résiste à notre examen et nous paraît seule vraie et existante, seule dense et réelle)]. Oui, je suis resté captif du souvenir d'Angela, ne pensant qu'à elle, ne chérissant qu'elle, dans ma tête poursuivant avec elle une conversation intarissable. (Teresa me trouve énigmatique : je suis à mille lieues d'ici, incapable de m'arracher à ma passion. De moi n'apparaît qu'un double, une enveloppe vidée de sa substance. Un reflet sur la mer, une vague miroitante, et je m'abandonne au jeu des apparences.)

Avec Teresa je m'amuse bien, je ne me prends pas au sérieux, j'entends ce qu'elle me dit sans trop l'écouter. Sur elle j'ai appris bien des choses, mais c'est comme si cela ne me touchait pas, ne parvenait pas jusqu'à moi, ne réussissait pas à m'atteindre. Elle me parle de sa vie ; cela ressemble à tant d'autres vies : un grand amour malheureux après lequel on jure de ne plus se laisser prendre et puis on s'y laisse prendre et cela fait mal à nouveau. Maintenant Teresa est seule et veut le demeurer, plus libre, plus endurcie. Même avec moi, c'est la solitude, je ne suis qu'un compagnon, un voyageur voyageant un moment avec elle. Nous pratiquons surtout de tendres gymnastiques qui plus que tout autre chose contribuent à nous rapprocher.

Elle se sent plus vieille (elle a vingt-sept ans), plus patiente, plus calme. Elle aime travailler de ses mains, elle s'occupe des fleurs, elle cuisine, elle passe de longues heures à fabriquer de jolis objets laqués. Je la trouve parfois lente : elle dit qu'elle aime prendre son temps. Près d'elle, tout doucement, j'ai appris à vivre sans toujours cette tension, cette excitation, cet énervement. Ralentir, me débarrasser de ce rythme obsédant où toujours quelque chose doit se produire, décrocher de la ville et de sa drogue : la vitesse. (Angela me disant : « Je ne peux pas attendre, si quelque chose doit changer, c'est tout de suite, le moindre délai compromet tout. Si je pouvais attendre une heure, je pourrais attendre une journée, un an, toute la vie. »)

Ralentir, retrouver la vie elle-même qui n'est rien d'autre, je le sais bien, qu'une respiration. Il n'y a pas d'urgence, il n'y a rien en avant, nous ne sommes pas pressés. Je vis, je suis comblé.

* * *

Étendu sur la plage, à côté de Teresa, je ne pense à rien. Ô ces moments de rémission, de paix, c'est à cause d'eux que je continue à vivre. Soleil, soleil, soleil, je l'ai partout maintenant, sur la peau, dans le corps, les cheveux, les yeux, je le sens, entre mes doigts, entre mes orteils, dans mon cerveau, il coule. De longues secondes où la mer, oui, la mer s'arrête, pétrifiée, bordée de son haleine d'ivoire, minutieuse sculpture (éléphants, temples hindous, arbres enchevêtrés), je coulisse en dehors du temps, succession du même individu inexistant sinon d'instant en instant — et si j'ai jamais compris quelque chose, c'est bien ici, maintenant.

Oui, une initiation, une sorte d'initiation lente et difficile, longue et pénible, à travers laquelle on avance les yeux fermés et qui dure toute la vie. Une initiation qui mêle tout, qui englobe tout, le temps et le désir, l'univers et la volonté. Aussi simple qu'elle est complexe, comme le jeu de l'unique et du multiple. Simplement découvrir tout à coup que c'est ça. Ça, ceci, cet instant présent. Alors tout cet univers structuré d'avant et d'après, tout ce déroulement charnel et chatoyant du temps, comme un vaste tissu déroulé sans fin, alors tous ces signes qui nous attiraient vers l'avenir, qui intégraient l'avenir dans le passé, alors tout cela, comme une vague déferlante, s'ourle d'écume et s'arrête en plein vol, flots courroucés de la mer sur une estampe chinoise (le sage, comme un grain de sable, éternel). Le désir à son tour demeure suspendu entre le sexe dressé avec sa pulsion de sang et le royaume imaginaire où il s'accomplit dans l'émission du sperme, l'avant et l'après de son plaisir, son illusoire possession du monde (et de même le cerveau bandé du théoricien qui saisit et fixe le mouvement de la vie dans l'espace limité de sa pensée verbale, déchargeant dans ses phrases crispées sa compréhension absolue du réel et passant par grands spasmes hérissés de douleur et de joie dans l'univers extérieur d'où tout sera toujours à recommencer). Oui, cette illusion de saisir, de prendre et de retenir, de posséder et de s'approprier, toujours recréée, toujours tendue devant nous comme une cape rouge. Et puis cet abandon, cette soumission, cette appartenance.

— Teresa?

Je l'appelle sans ouvrir les yeux. Je sais qu'elle est là, près de moi, sur sa serviette rayée jaune et rouge, couchée sur le ventre, chapeau de paille sur la tête, montrant ses belles fesses au soleil.

— Oui?

C'est tout. C'est tout ce que je veux savoir, ce son, cette modulation physique de l'air, cette onde, ce minéral mobile.

— Oui, Luis?

— Rien, Teresa...

*   *   *

Appuyé au mur extérieur du salon, à quelques pouces de la porte, l'oreille tendue, les nerfs aux aguets, transpirant sous la chaleur écrasante, je ne bouge pas d'un poil, j'essaye de saisir des bribes d'une conversation qui m'intéresse au plus haut point. (Hasard à nouveau:

parti pour la plage, je suis revenu à l'improviste chercher quelques fruits et du rhum.)

Jusqu'ici, je ne parvenais pas à voir ce que le docteur
Buenaventura avait à faire avec Eddie Caines, le trafic
d'armes ou le bouddhisme zen. J'essayais de trouver un
sens à leur rencontre discrète, l'autre jour, à la citadelle,
et puis à la visite que Caines nous avait faite. Je soup-
çonnais quelque chose [cette histoire à la discothèque
(«C'est Vincenzo, il prétend que papa lui doit de l'argent»), ces visiteurs que le docteur reçoit à l'occasion et
qui n'ont pas du tout l'air de confrères de la profes-
sion...]. Maintenant je crois comprendre. Oui, ça doit
être ça : le docteur Buenaventura parle de voies diplo-
matiques, d'immunité, de self-control et de «ce qui
s'est passé la dernière fois». Eddie Caines le rassure :
son nouveau contact à l'ambassade est un homme sûr,
sybarite grisonnant amateur de voitures luxueuses,
d'œuvres d'art et de jeunes garçons. Cocaïne, oui. Le
mot n'est jamais prononcé, mais j'ai assez d'imagination pour comprendre.

Je ne peux pas rester caché indéfiniment derrière ce
mur. Je tousse pour signaler mon arrivée. La conversation reste un moment suspendue. Poliment j'emprunte
la bouteille de rhum restée sur la table et sans insister je
repars vers la plage. Je descends trois ou quatre paliers
de l'escalier qui zigzague le long de la falaise et je m'as-
sois entre ciel et mer sous le soleil étourdissant. Teresa
m'attendra bien un peu, j'ai besoin de mettre de l'ordre
dans mes idées.

C'était donc cela, Angela, notre grand roman d'amour...
Je la revois, la mallette noire, dans le bureau du consul,
clairement, si clairement, comme si j'y étais. Je la revois
à tes pieds dans l'automobile, puis à nouveau passant

dans les mains de Pedro... Documents secrets ! Un trafic de cocaïne qui a mal tourné et Pedro te demandant de récupérer la mallette — et moi je croyais sauver le monde...

Tout ça me dépasse. Dans une maison de briques rouges de la rue Sherbrooke, j'avais entrouvert un œil comme un jeune chat et, naïf, je regardais tomber la neige. Les enfants du quartier allaient chaque jour à l'école, les ménagères faisaient leurs achats dans les corridors musicaux du supermarché et dans le journal on nous disait comment quelques hommes particulièrement courageux luttaient contre le monstre sans tête de l'anarchie et du désordre qui menaçait sans cesse le fragile équilibre de l'univers. Maintenant je voyais ces mêmes hommes se trimbaler avec une petite valise noire au bout du bras, un regard souriant mais précis et une montre réglée sur l'heure des grandes capitales.

Ainsi donc c'était bien de cela qu'il s'agissait. Ainsi donc il avait fallu qu'une erreur se produise dans le mécanisme pour que je parvienne à découvrir cette trame en filigrane derrière l'image visible de la tapisserie, cette structure, cette autre vision des choses, faite de points et de lignes, de masses sombres et de masses claires (œil neutre du primitif pour qui le cliché photographique ne présente qu'un ensemble de taches sans signification, illisibles).

Je bois. Je ne suis plus sûr de rien. Maintenant tout cela devrait être parfaitement clair et pourtant quelque chose dans mon cerveau se refuse à accepter l'évidence — oui, de toute évidence Angela m'a menti de bout en bout, elle s'est servie de moi, mais pourquoi, c'est cela que je ne comprends pas. Pourquoi m'avoir associé à cette affaire au risque de tout gâcher et sans aucun

profit? Le plaisir de mentir? Non, je ne peux m'empêcher de croire Angela, je n'ai qu'à me rappeler deux ou
trois souvenirs, cela devient une certitude. Elle m'a tiré
du fond de mon isolement et ramené à la vie, comment
pourrais-je douter d'elle? Il y avait quelque chose,
l'amour, oui, et cette façon d'être d'Angela, si juste, si
lumineuse, si généreuse. Je ne peux pas oublier, je ne
peux pas oublier la passion et cette absence déchirante
que rien ne comble.

Peut-être que je me suis embarqué dans quelque
chose de trop gros pour moi. Je ne parviens plus à y voir
clair. Plus j'explore ce qui se cache sous la surface, en
approfondissant, en amassant les informations, en aug-
mentant mes connaissances, plus j'essaie de saisir, de
comprendre ce qui se passe, d'en avoir une image
nette, plus j'obtiens le résultat contraire: tout devient
infiniment subtil, complexe, nuancé, flou. D'où provient
cet obscurcissement? Est-ce mon esprit lui-même, sa
façon de fonctionner, sa programmation, qui invaria-
blement, inévitablement, me mènent à ce cul-de-sac?

Qu'est-ce que c'était tout ça au départ? Un jeu, une
énigme à résoudre, mais cette énigme résolue m'a révélé l'existence d'un jeu bien plus compliqué encore,
avec encore plus de personnages animés par bien plus
de motifs que je ne pouvais l'imaginer (des milliards de
personnages — et nous découvrons tout à coup que le
texte n'est pas écrit d'avance, que nous devons cons-
tamment improviser), et derrière ces personnages, des
associations, des partis, des groupes, des forces, des
mouvements, des pouvoirs si étendus qu'on ne parvient
plus à savoir qui les contrôle, dans quel but, comme
s'ils n'étaient encore que l'expression d'une trame plus
subtile, qui va du microcosme au macrocosme, qui se

dissout finalement dans des univers brumeux, nébuleux, imprécis, aux abords du métaphysique.

Ainsi donc il avait suffi qu'un paquet me parvienne par erreur pour entraîner toute cette histoire, pour que je me retrouve ici. Il avait suffi qu'un paquet s'égare dans le vaste espace de l'univers, une étoile filante venant choir à mes pieds, se perdre dans les rues de Montréal, un paquet destiné à qui, tiens, cela je ne l'ai jamais su ? Quel locataire m'avait précédé dans cet appartement ? Et maintenant des phrases de Teresa me reviennent à l'esprit, des phrases que j'avais crues banales («Tu sais, Angela a eu d'autres amoureux avant toi.» «Tu penses trop à elle, Luis, oublie-la.» «C'est l'image que tu te fais d'elle, Luis, ce n'est pas elle, d'autres ont d'elle d'autres images.») Comment n'ai-je pas mieux compris cela plus tôt, Angela, ces phrases que j'approuvais, ces phrases que Teresa glissait en moi pour que, le moment venu, elles resurgissent à mon esprit (quelque chose en marche, très loin à l'intérieur de moi, quelque chose d'obscur, piste chimique brouillée par des parasites, série de vieux circuits électroniques dont on avait oublié l'existence, cerveau artificiel géant envahi par des lianes et des végétaux monstres à la suite d'un cataclysme de la mémoire), à mille milles de toi maintenant je sens encore la flamme qui me dévore, le passé et le présent s'emmêlent si bien, la vérité et le mensonge, l'imaginaire et le réel. (Non, ne m'apprenez pas la vérité du monde, je ne veux rien savoir de ce qui détruit mon rêve, le passé d'Angela, la vie d'Angela n'existent pas, pas en dehors de moi, Angela n'est que le produit de mon imagination, elle n'a pas d'existence réelle, elle n'a pas d'histoire, elle ne vit pas sans moi, rien n'est là sans moi dans le monde, le monde, produit de ma volonté, ma création, le monde que j'invente dans sa propre existence et dans lequel je veux inventer jusqu'à mon salut.) Tout cela forme dans ma tête ce vaste casse-tête, ce puzzle, et dans ma main il reste cette pièce mauve et rose, je l'ai traînée partout avec moi, pièce mauve et rose où je ne distingue aucune forme, quel souvenir pourrait-elle évoquer cette pièce, Angela, dans la tête d'un autre que moi, le souvenir de quelle image (car nous ne sommes jamais seuls dans le cœur de ceux que nous aimons, qui nous aiment, et même l'immense mystère du couple ne doit pas nous distraire, il nous faut gravir les degrés de l'amour si nous voulons atteindre à la lumière). Ce paquet égaré, c'est à moi qu'il parvint, sans doute m'était-il destiné?

[— Ne sois pas fataliste, Louis.

— Je ne suis pas fataliste, Angela, mais je vois bien que les choses m'arrivent, que je ne contrôle pas l'univers, que je suis emporté, que je n'y peux rien.

— Il t'arrive ce que tu veux bien qu'il t'arrive, mon ami.

(Alors, cette histoire d'amour, je l'avais tout entière imaginée avant de la vivre, Angela, depuis des années je m'efforçais de ressembler à ce portrait plus vrai que nature que tu avais dans ta chambre en prévision du jour où dans un bar très sombre une femme rousse émergerait des eaux nocturnes?)]

Je bois. Je ne sais plus si j'ai envie de rire ou de pleurer. Au fond, ce n'est pas si grave. Au fond ça n'a pas d'importance. Je peux vivre sans comprendre, c'est comme apprendre à nager, il suffit de ne pas y penser, de toute façon ça flotte, seul le poids de nos inquiétudes, de nos craintes, nos crispations nous entraînent au fond de l'eau, nous font couler à pic. Tant pis, tant mieux, me voici au soleil du San Chiquita pendant que chez nous l'hiver s'éternise (à travers les palmiers, j'imagine la neige fine comme de la poudre flottant devant un soleil jaune pâle), je me saoule tranquillement et la belle Teresa m'attend toute nue sur la plage, tout n'est qu'illusion et il me reste deux jours pour en profiter, alors...

*   *   *

Sur la table, il y a mon passeport, mon verre de rhum, un plateau de fruits et l'échiquier avec notre partie entamée (une situation compliquée contenant en elle la possibilité de centaines de développements, de milliers de développements, et qui pourtant n'existera que sous une seule forme et qui ne deviendra réelle que lorsqu'elle sera jouée, un coup après l'autre).

Teresa s'active dans la cuisine et je n'ai pas le droit de l'aider. En l'honneur de mon départ, elle prépare son fameux *matouba*, une spécialité locale. Demain je prends l'avion pour Montréal. Songeur, je savoure une dernière fois ces instants privilégiés. Je suis content de rentrer chez moi, mais en même temps je sens une sourde inquiétude me gagner. Je ne sais pas ce qui m'attend.

Arrivée du docteur Buenaventura. Il s'assoit en face de moi. Toujours un peu mal à l'aise en sa présence, tellement nous ne sommes ni du même monde ni de la même génération, ce que j'ai appris récemment de lui me place dans une situation encore plus ambiguë. Masque parfait de civilité et de courtoisie, je dois faire un effort pour me rappeler que cet homme est sans doute un trafiquant de cocaïne. Nous reprenons notre partie. («C'était à vous de jouer, je crois?») La situation est serrée. Nous réfléchissons tous deux longuement. Nous nous affrontons comme deux béliers, appuyés cerveau contre cerveau, refusant de reculer d'un pouce. J'ai poussé un pion que je suis prêt à sacrifier pour qu'il déplace un cavalier malencontreux. Il avance la main au-dessus de l'échiquier, se ravise, la retire sans toucher à rien et se plonge dans de nouvelles méditations. Interruption de Teresa, apportant une soupe au poisson.

— À table! Vous finirez votre partie plus tard.

Je sais bien que nous ne la finirons jamais; il y a une bouteille de Sauvignon dans un seau à glace sur la table et deux autres qui attendent leur tour à la cuisine, sans compter les réserves habituelles du docteur en pousse-café et autres fantaisies. Tant pis. Je suis sûr que je l'aurais battu.

Nous commençons à manger. Qui fera les frais de la conversation, ce dernier soir? Je tends au docteur une perche éprouvée: le San Chiquita se prépare à des élections présidentielles (les premières élections «libres» depuis vingt ans) et je suppute les chances de la gauche. Il y a trois candidats en lice, deux généraux et un colonel; théoriquement, le colonel représente le centre gauche. Les disparités sociales sont tellement grandes et visibles ici que je me prends à souhaiter pour le San Chiquita des changements profonds. Un peu vite peut-être je parle de révolution. Sans trop m'en rendre compte, j'ai heurté les convictions profondes du docteur. J'ai droit à ma leçon de morale.

— Moi aussi, je suis insatisfait de l'état actuel des choses, de la situation économique de notre pays, par exemple. Seulement il ne faut pas être naïf, voyez-vous.

Tout cela ne se change pas avec des vœux pieux. En 1948, vous n'étiez qu'un enfant à l'époque, mais peut-être en avez-vous entendu parler depuis, en 1948 nous avons eu ici, *mutatis mutandis*, le genre de révolution dont vous semblez parler. J'étais étudiant, je terminais ma médecine et nous, étudiants, étions tous de fervents révolutionnaires. Il y eut des émeutes, des combats dans les rues, des bombes, enfin, tout ce que vous voyez quotidiennement à la télévision, ça existait déjà. La révolution a réussi. Le président Vargas a été destitué, forcé de s'exiler. Le peuple dansait dans les rues. Les poètes et les musiciens composaient des odes à la liberté, à la fraternité. Les journaux en avaient long à dire sur la censure qu'ils avaient subie, sur les changements qui devaient avoir lieu, sur les modèles étrangers dont on pouvait s'inspirer. Un mois, deux mois, six mois passèrent. On nationalisait les industries, on établissait de nouvelles mesures sociales, on entreprenait une réforme agraire. C'était l'euphorie. Bon. Et puis, rapidement, la situation s'est détériorée. Il a bien fallu s'en rendre compte, le pays s'en allait à la banqueroute. Les capitaux — car, voyez-vous, l'industrie ne fonctionne pas sans capitaux et les capitaux craignent les changements brusques — les capitaux étrangers dont nous dépendions se retiraient systématiquement. L'économie périclitait. Des usines, des mines fermaient leurs portes et le taux de chômage augmentait de façon dramatique. On ne trouvait plus dans les magasins la profusion d'articles qu'on pouvait voir auparavant parce que le jeu normal de l'import-export était complètement faussé par des taxes nouvelles. Finalement le désenchantement général entraîna un coup d'État et ce fut la fin de cette aventure. Je ne dis pas qu'il n'y avait pas du bon dans ce qu'on avait tenté, mais on avait voulu aller trop vite. La situation économique de notre pays et sa situation politique ne permettaient pas, ne pouvaient pas permettre une évolution aussi rapide.

Je reste silencieux. Je pense à Angela, à nos conversations. Il ne faut pas se laisser décourager par ceux qui disent que rien ne change. Ceux qui prétendent cela sont ceux qui n'ont pas le courage de changer. Nous savons bien que rien n'est jamais pareil. L'univers ne tourne pas en rond, il est en perpétuelle expansion. L'histoire ne se répète pas, elle avance sans cesse vers des formes sociales nouvelles. L'homme n'est pas toujours le même, sa conscience l'entraîne vers une liberté toujours plus grande. Ce n'est pas parce que l'action en sous-main des États-Unis et l'embargo tacite du capital international ont coulé une révolution qu'il faut désespérer.

Mais le docteur n'a pas fini sa tirade, il aime bien, ce soir, s'écouter parler.

— Plus que cela, le peuple lui-même n'était pas prêt, pas prêt à se prendre en charge. Il n'était pas préparé pour ce rôle. Vous voyez, c'est à mon avis le point faible de toutes les luttes de libération : elles reposent sur un leader, un chef qui devient rapidement un objet de culte, alors que c'est là l'exact contraire de la libération, le premier pas vers une nouvelle dictature, un nouveau pouvoir, un nouvel autoritarisme. Je vous racontais l'autre jour l'histoire de Diego Diaz. C'en est aussi un bon exemple. On ne libère pas un peuple, un peuple se libère lui-même. Tant qu'il s'érige des images de sa liberté, il se crée de nouvelles chaînes.

Teresa se lève pour faire le service. Le docteur profite de son absence pour donner un ton plus personnel à la conversation.

— Voyez-vous, si je peux me permettre de vous parler franchement, je vous dirai ceci. Depuis que vous êtes arrivé ici, vous m'avez considéré un peu comme un ennemi ou, disons, avec méfiance. Ne protestez pas, j'ai assez d'expérience pour flairer ce genre de chose, et de toute façon je ne vous le reproche pas, j'aurais peut-être eu à votre place la même attitude. Vous êtes jeune, vous avez vécu avec Angela quelque chose qui vous a enthousiasmé. Vous voyez, je vous connais mieux peut-être que vous ne le croyez. Je ne vous condamne absolument pas. Il y a chez vous un besoin d'action, de mouvement, de changement. C'est ainsi que vous vous sentez le plus à l'aise, que vous avez l'impression d'arriver à votre liberté. Car, ne vous méprenez pas, c'est toujours notre libération personnelle qui est l'enjeu de la partie, et si elle se fait à travers une action sociale, une libération nationale, c'est en quelque sorte une coïncidence historique. Quant à moi, j'ai cinquante-cinq ans. Je ne me vois pas du tout prendre le maquis avec une poignée d'aventuriers pourchassés par l'armée et toutes les polices, ce n'est pas de mon âge et de plus je doute de l'efficacité d'une telle action. Enfin, disons que je la laisse à d'autres...

Le ciel étoilé se tient maintenant au-dessus de nos têtes, grandiose, avec une allure d'éternité. Nous attaquons le *matouba*.

— Je ne suis ni poète, ni soldat, ni homme d'État, continue le docteur. Je suis médecin et j'aide les gens dans la mesure de mon savoir. Dans le régime que nous subissons présentement, j'essaie de m'accommoder de mon mieux. Je sais, cela paraît bien bourgeois, mais vous faites la même chose, n'est-ce pas? Vous vous arrangez pour trouver des conditions de vie qui vous la rendent supportable, qui justifient votre existence. Quant à moi j'ai compris que je n'étais pas responsable de l'univers, ou plus exactement que ma responsabilité je l'exerçais quotidiennement, autour de moi, en jouant le rôle qui m'était assigné. Je soigne des gens qui souffrent et j'essaie de diminuer leur souffrance, au mieux de la faire disparaître, en sachant qu'ils vont mourir un jour, c'est tout. Et Marx, vous l'admettrez, ne nous dit rien de la mort. Son idée de l'égalité est une idée économique, basée sur un sens de la fraternité humaine qui n'avoue jamais ses racines parce qu'il refuse de voir au-delà de la mort. Mais les hommes ne sont égaux ni dans leurs désirs, ni dans leurs plaisirs, ni dans leur beauté physique, ni dans leur santé, ni dans leur volonté, ni même dans leur capacité de travail. Leur égalité, il faut la chercher dans leur humanité et ce n'est pas une idée d'ordre économique, mais religieux. (Angela disait : « Je suis un être humain à but non lucratif. ») La religion, l'opium du peuple ? Je veux bien, mais l'opium n'est pas à dédaigner. Quand vous administrez à un malade une dose de morphine et qu'au lieu de se tordre de douleur vous le voyez tout à coup se détendre, sourire, s'enfoncer dans un rêve parfait, que savez-vous de ce qui se passe ? Vous ne pouvez tout de même pas ramener tout ça au protectionnisme britannique dans la zone du Triangle d'or ou à la lutte contre l'impérialisme dans les régions de production du pavot, n'est-ce pas ? Écoutez, Louis, je ne suis pas contre la libération des peuples, et le schéma de la lutte des classes est génial. Mais limité. Et comme je ne peux ni tout comprendre ni tout transformer, j'essaie d'aider les gens autour de moi sans oublier mon propre bonheur. Quant à vous, je ne doute pas que vous vouliez aussi aider les gens. Peut-être simplement n'avez-vous pas encore trouvé la voie qui est la vôtre, votre place, peut-être est-ce là ce qui vous tourmente?

Un mince croissant de lune grimpe maintenant dans le ciel. Nous en sommes au café, au cognac. C'est soir de fête et en gage d'amitié, en souvenir, Teresa et le docteur se sont unis pour m'offrir un petit cadeau d'adieu : une valise, légère et solide, qui remplacera la mienne, fatiguée, dont Teresa m'a vu l'autre jour essayer de réparer la poignée avec un bout de fil de fer. L'idée d'un double-fond bourré de cocaïne me vient à l'esprit un court instant. Je ne peux m'empêcher de sourire. Décidément paranoïaque, oui. J'embrasse Teresa, je remercie le docteur, et nous restons là tous les trois, n'échangeant plus que des phrases banales, à respirer l'air embaumé de la nuit.

VIII

Adieu San Chiquita!

L'avion roule à toute vitesse sur le sol, s'arrache enfin dans un effort crispé, puis entreprend un large virage en demi-cercle au-dessus de la capitale éclaboussée de soleil. La vie en bas continue, continuera sans moi, pendant qu'assis dans le no man's land du ciel je me prépare à changer d'existence aussi simplement qu'on passe d'une émission de télévision à une autre. J'aime les avions. J'aime survoler les pays et les continents, terrains ocres, verts sombres et bruns comme les camouflages militaires, rivières noires en méandres anarchiques, routes rectilignes aux tracés pâles, spectacle toujours beau des nuages, se transformant continuellement, couvrant et découvrant le sol, brouillard laiteux, colonnes de crème fouettée, formations coralliennes, immense champ de neige, jungle blanche. J'aime sentir sous les ailes la vie tumultueuse, terrifiante, effrénée des villes, tout ce qu'elles ont de magnifique et de maléfique, avec leurs millions d'humains qui s'agitent, souffrent, cherchent, aiment, détruisent, blessent ou sont blessés, le gigantesque réseau de routes, toutes les rues, les ponts, les viaducs, les boulevards, les voies de chemin de fer, les passages souterrains, les galeries, les corridors, les gratte-ciel, immense, fascinante, frétillante fourmilière.

Excité, heureux, libre, je bois mes derniers dollars avec une jeune étudiante en architecture et un professeur d'espagnol, et que Dieu se débrouille avec le reste ! Je voudrais être perpétuellement en voyage, partir, revenir, repartir, bouger, changer (oui, changer, changer de nom, changer de ville, de travail, de vêtements, s'inventer, s'oublier, s'oublier dans des valises oubliées dans des consignes de gare elles-mêmes oubliées, détruire ses vieilles lettres d'amour, ne plus conserver de souvenirs).

Je veux voir bouger la vie, voir les gens s'entrechoquer, le mouvement brownien s'en emparer et les brasser comme on brasse des dés dans un gobelet de cuir, nouveaux hasards, nouvelles possibilités lancées sans cesse sur le tapis vert. L'amour éternel, l'amour immobile ne m'intéresse plus. Ce n'est plus d'une femme que je rêve, mais de la vie elle-même, c'est elle qui m'intéresse avec ses innombrables splendeurs : 10 000 espèces d'oiseaux, 20 000 espèces de poissons, 400 000 espèces de plantes, près d'un million d'espèces d'insectes et les étoiles, elles sont toujours là gravées dans la voûte de mon cerveau, j'aime leurs noms, leurs configurations, leurs orbites, leurs teintes, leurs mouvements, leurs bruits, leur langage, leur ordre et leur désordre ; il y a tant de choses à apprendre, je ne veux pas demeurer dans un seul pays, dans une seule ville, sur une seule plage, avec une seule femme, j'ai besoin de plus que cela, je veux tout connaître, la richesse, la puissance et la gloire, la vie est plus que belle, elle est grande, elle déborde, elle déborde de surprises, d'inventions, de folies, de gaietés. Oh que cela ne finisse jamais, jamais, jamais!

Je m'étire le cou pour voir par le hublot les terres fabuleuses que nous survolons, immense carte géographique avec tous ses reliefs et la peau miroitante de l'océan infini aux navires minuscules, reflétant le soleil comme une coulée de mercure. Ah! Cela ne va pas encore assez vite, assez loin, assez haut à mon goût. Dans l'autobus du ciel, j'ai l'impression que nous piétinons, par-dessus les formes incongrues des nuages fouettés, brassés, étirés, échevelés, battus comme des œufs en neige.

(Demain, nous voyagerons vers les planètes à des vitesses incroyables et nous serons encore des humains, mais des humains neufs dans l'espace sans limite. Notre conscience grandira, grandira toujours, et nous, peuples de l'avenir, parlerons de la Terre comme de notre Maison, nomades aventureux que rien ne peut retenir, que l'espoir attise, que la curiosité bouscule, que la peur éveille, que le danger appelle, attire, passionne, brûle, vivifie.)

* * *

À l'escale de Miami, l'avion s'emplit de Québécois et c'est comme si j'étais déjà chez nous, oui, c'est ma langue, je la reconnais. Tout de suite Montréal s'empare de moi, avant même que j'y arrive, le temps du voyage mystérieusement aboli, mis entre parenthèses, porté au crédit d'un autre. Je pensais, j'imaginais pouvoir revenir comme un étranger, rapporter avec moi un peu d'air exotique au fond de mes poumons, redécouvrir les choses avec surprise et étonnement, mais on n'oublie pas si vite. Je rentrerai dans Montréal comme dans un habit usé à l'exacte grandeur de mon corps, habitué à mes mouvements, à mes attitudes, mon pas, ma façon de m'appuyer, mes gestes. Je m'étais mis à l'écart du monde, à l'écart de l'histoire, à l'écart de l'actualité, mais Montréal c'est moi, c'est moi jour après jour, je n'y peux rien, j'ai Montréal dans le corps.

L'hôtesse m'apporte un journal, ce sont les mêmes histoires qui continuent, le même interminable feuilleton, les mille bruits et rumeurs, les convulsions, les menaces, les brusques mouvements et les à-coups de tout le pays en chaleur, en gestation, en mutation perpétuelle, se déplaçant petit à petit, pouce par pouce, presque imperceptiblement, avec des heurts, des contradictions, des déchirures, des accrochages et toute cette masse d'informations, de sentiments, d'intérêts, d'idées, de passions, tous ces gens défendant avec la dernière énergie leurs cent mille convictions, tous ces gens pleins d'ardeur et de foi, accrochés de toutes leurs forces à leur sacro-sainte conception de la réalité, leur théorie, leur analyse, leur certitude, leur solution, pactisant, désavouant, pourfendant, haïssant, condamnant, jugeant, définissant, proposant, luttant pour que cela continue, change, se transforme, s'améliore, pour le bien de tous, pour l'avenir de la race humaine, pour son bonheur, pour sa plus grande satisfaction, liberté, plénitude, joie, son bien-être, son confort, sa satiété, comme s'il y avait un but, comme si nous allions bientôt l'atteindre, comme si une promesse de paix nous attendait, comme si cette course à la paix n'était pas elle-même le contraire de toute pacification ; mais il n'y a pas de repos, pas d'arrêt, pas de but ultime, pas de solution définitive dans les modulations colorées de l'univers, et ils sont encore là, ceux que j'avais laissés en partant, ces groupes, ces partis, ces hommes enchaînés au rythme essoufflant de l'actualité, profilés sur des horizons incertains, tremblants, vacillants, évanescents, dans la marche glorieuse et irréversible de l'avenir. Et tout à coup, au détour d'une analyse politique, entre deux grèves qui traînent en longueur, à côté d'un nouveau scandale, je tombe sur cet incroyable passage :

Qu'on se rappelle l'affaire Alvarez. En dépit des affirmations officielles, il devient de plus en plus évident que la mort de l'agent David, abattu le matin du 16 février dernier, tout près de la frontière américaine, cache autre chose qu'une banale histoire de cocaïne. Trois points retiennent l'attention dans cette affaire : d'abord la confirmation hier à l'Assemblée nationale du fait que l'agent David n'était pas en fonction le matin du 16 février, comme l'avait révélé la veille un journal de Toronto. Si cela débarrasse la GRC d'une responsabilité qui risquait de devenir difficile à porter, par contre cette découverte inattendue jette un doute sérieux sur les déclarations des dirigeants de ce corps policier qui semblent rétrospectivement avoir voulu étouffer un peu hâtivement un possible scandale. Possible scandale, car il est vrai, et c'est notre deuxième remarque, que la personnalité du présumé trafiquant a de quoi surprendre : journaliste sanchiquitien, Pedro Alvarez Villegas avait déjà par deux fois fait l'objet d'une demande d'extradition de la part du gouvernement de son pays qui désirait, semble-t-il, l'interroger sur ses activités politiques. Ce n'est certes pas là le portrait classique du vendeur de drogue. Troisième constatation troublante : selon une source sûre, l'agent David aurait été vu à plusieurs reprises en compagnie de l'attaché commercial du San Chiquita à Montréal, à qui il aurait servi à l'occasion de garde du corps. Il existerait même, toujours selon cette source, une série de photographies montrant les deux hommes ensemble dans un hôtel des Laurentides, en compagnie d'un membre connu de la mafia montréalaise. Que conclure de tout cela? Une chose seulement: le zèle des autorités à fermer ce dossier ne semble pas dû qu'aux merveilles d'efficacité de notre corps policier d'élite. Et puisque l'on semble avoir étouffé cette affaire sous les pressions d'une nation étrangère dont la réputation n'est pas exempte de bavures totalitaires, il serait bon que l'on sache que la censure politique ne sera jamais tolérée ici et que l'esprit même du peuple québécois empêchera toujours qu'elle s'implante au sein de nos institutions.

L'affaire Alvarez... Voilà donc ce qu'Angela n'avait pas voulu me dire, ce coup de téléphone qui l'avait tellement bouleversée. Oui, la mort avait fini par nous rejoindre, elle avait cessé d'être une menace théorique, elle s'était incarnée dans un être humain, tout près de nous, et c'est à cause d'elle que tout s'était terminé si abruptement (derrière la mort de ce mercenaire sans conscience, quittant abstraitement la vie, assassiné en une phrase concise et grammaticalement correcte, cent mille fois répétée par l'encre d'imprimerie, je voyais maintenant Pedro, visant, tirant, défendant l'existence et la survie de son organisme d'os et de chair, et cet autre corps basculant dans la neige silencieuse, le sang rouge, chaud, s'écoulant dans le matin d'hiver, sous le beau soleil de ce jour-là... Et c'était le dégel ça aussi, le sang rouge bouillonnant dans la neige, oui, c'était parce qu'il fallait bien qu'enfin l'hiver finisse, qu'on en finisse avec l'hiver, et parce que la vie ne naissait que de la mort).

Autre chose qu'une banale histoire de cocaïne... Et ces photos, ces photos que les deux hommes venus chez moi cherchaient à récupérer (un de ces hommes était-il, avait-il été l'agent David ?), ces photos qu'Angela avait reprises après m'avoir envoyé courir à l'autre bout de la ville à un faux rendez-vous, c'étaient celles-là, les photos dont on parlait dans le journal ? (Mais alors que venait faire là-dedans ce membre bien connu de la mafia montréalaise ?) Et Eddie Caines, le docteur Buenaventura, Teresa... Quels liens y a-t-il entre Angela et eux ?

Je peux tout imaginer, tout est possible, les gens mentent si bien. Même l'amour, même l'amour d'Angela, l'amour qui m'a guidé à travers toute cette histoire, même l'amour n'est peut-être que mensonge, illusion... Ah tout cela ne m'appartient pas, tout cela est en dehors de moi, inaccessible... À l'intérieur de ma tête, je ne communique qu'avec moi. Seul, je suis seul, avec ce corps qui continue à vivre, à respirer, ce cœur qui continue à battre, cet organisme qui continue à exister malgré tous les tourments de la conscience, toutes les images de l'esprit, toutes les théories, toutes les choses vues et la misère des hommes. Ma pauvre intelligence secouée, violentée, aspirée, mise à l'épreuve, obscurcie, décentrée, annihilée, placée devant tant et tant de possibilités, d'alternatives, de subtilités que je ne sais plus, je ne sais plus distinguer le vrai du faux, je ne sais plus choisir, je ne sais plus où donner de la tête, je ne sais plus à quoi m'accrocher. Toute ma vie bouleversée, remise en question, chambardée, remuée, retournée comme un gant, désorientée... Il n'y a pas de solutions toutes faites, il n'y a que le mouvement, que la vie, que le travail, des peines, des douleurs et des joies, et je n'ai pas fait un seul pas dans la voie de la vraie connaissance. «Tu penses trop, Louis, me disait Angela. Laisse couler la vie. Tu te cognes la tête contre les racines de l'arbre, donne plutôt ton cœur à la forêt.»

Oh! revoir Angela, lui parler à nouveau, croire à nouveau. L'avion maintenant amorce sa descente. Mon cœur bat plus fort. Oui, Angela sera peut-être là pour m'accueillir, m'embrasser, appuyer sa tête sur mon épaule, me donner ses lèvres, se tenir tout près de moi, apaiser mes inquiétudes, comme si... Et peut-être aussi serai-je seul encore, seul à m'inventer encore, seul à me projeter en avant encore, pour ne pas périr, pour ne pas m'engloutir dans des marais d'automne, dans des herbes submergées, dans des cieux troublants, dans des musiques finissantes, dans des parcs abandonnés, dans des foires désertes, dans des jardins clos...

Nous touchons la piste, un groupe joyeux applaudit, gens sans inquiétude qui rentrent chez eux, que des amis attendent, des maisons ordonnées, qu'ils habitent, qu'ils possèdent, qu'ils ont achetées, qui sont à eux. Lentement l'avion roule vers l'aire de débarquement, la porte articulée vient s'accoler à la carlingue, un à un nous descendons. Il faut encore marcher dans des corridors vitrés, attendre, faire la queue, répondre poliment aux questions d'un douanier désabusé qui, lui, n'est pas allé en voyage, qui n'a pas vu les merveilles du monde et le soleil par-dessus les nuages, un douanier qui fait sa journée de travail comme tous les jours et qui n'a pas de place pour le rêve dans ses papiers.

Mon tour vient, à mon tour je traverse les portes aux vitres dépolies, et je me retrouve parmi la foule qui me regarde d'un œil inquisiteur. Non, je ne suis pas à eux, je ne suis pas l'ami, le parent qu'ils attendent. Personne n'est venu à ma rencontre. Ma valise à la main, je traverse l'aérogare, je sors dans l'air pur et froid de la journée qui s'achève. Le ciel est d'un bleu pâle et tranquille, avec vers l'ouest de gros cumulus massifs, gris fer, bordés d'un blanc lumineux, sous lesquels, tout à coup, le soleil couchant apparaît, quelques rayons d'abord, puis peu à peu tout l'horizon devient une large bande de lumière vibrante, sur laquelle se découpe son disque aveuglant qui fond comme du métal devenu liquide. On dirait un immense filtre d'or étendu sur tout l'horizon, avec au centre une colonne verticale de clarté, une fontaine de lumière au milieu d'une mer dorée. Je dépose ma valise et regarde. La voûte du ciel est à présent d'un bleu plus profond, et le bleu et l'or se mêlent en nuances infinies, forment une toile de fond sur laquelle les contours des nuages virent subtilement au rose, avec des plis pourpres et violacés. Puis apparaît une couleur inattendue à l'horizon, un véritable vert pomme, s'éclaircissant de plus en plus, atteignant une transparence teintée de jaune doux. La lumière change encore, mobile, elle dessine au bas du ciel un mince trait orange, quasi phosphorescent, qui à son tour glisse lentement vers le rose, puis le rouge, tandis qu'au-dessus flamboie un grand brassage de nuages furieux, mauves, violets, cramoisis, et subitement tout cela atteint son paroxysme, puis, comme une flambée d'écorce qui retombe d'un coup, tout s'obscurcit, s'éteint, dernières lueurs rougeoyant faiblement à l'horizon comme des braises mourantes surmontées d'une immense fumée.

Au-dessus de ma tête, le ciel est presque pourpre.

FIN

BIBLIOTHÈQUE QUÉBÉCOISE

Maurice Cusson
Délinquants pourquoi?

Jeanne-Mance Delisle
Nouvelles d'Abitibi

Michael Delisle
Le désarroi du matelot

Louise Desjardins
La love

Alfred DesRochers
À l'ombre de l'Orford *suivi de*
    L'offrande aux vierges folles

Léo-Paul Desrosiers
Les engagés du Grand Portage

Pierre DesRuisseaux
Dictionnaire des expressions
    québécoises
Le petit proverbier

Henriette Dessaulles
Journal

Georges Dor
Le fils de l'Irlandais
Poèmes et chansons d'amour
    et d'autre chose

Fernand Dumont
Le lieu de l'homme
La vigile du Québec

Robert Élie
La fin des songes

Faucher de Saint-Maurice
À la brunante

Trevor Ferguson
Train d'enfer

Jacques Ferron
La charrette
Contes
Escarmouches

Madeleine Ferron
Le chemin des dames
Cœur de sucre

Timothy Findley
Guerres

Jacques Folch-Ribas
La chair de pierre
Une aurore boréale

Jules Fournier
Mon encrier

Guy Frégault
La civilisation de la
    Nouvelle-France 1713-1744

Daniel Gagnon
La fille à marier

François-Xavier Garneau
Histoire du Canada

Jacques Garneau
La mornifle

Saint-Denys Garneau
Journal
Regards et jeux dans l'espace
    suivi de Les solitudes

Louis Gauthier
Anna
Les aventures de Sivis Pacem
    et de Para Bellum *(2 tomes)*
Les grands légumes célestes
    vous parlent *précédé de*
    Le monstre-mari
Le pont de Londres
Souvenir du San Chiquita
Voyage en Irlande
    avec un parapluie

Antoine Gérin-Lajoie
Jean Rivard, le défricheur *suivi de*
    Jean Rivard, économiste

Rodolphe Girard
Marie Calumet

André Giroux
Au-delà des visages

**Jean Cléo Godin
et Laurent Mailhot**
Théâtre québécois *(2 tomes)*

Alain Grandbois
Avant le chaos

François Gravel
La note de passage

Yolande Grisé
La poésie québécoise avant
    Nelligan. Anthologie

Lionel Groulx
Notre grande aventure
Une anthologie

Germaine Guèvremont
Marie-Didace
Le Survenant

Pauline Harvey
Le deuxième monopoly
    des précieux
Encore une partie pour Berri
La ville aux gueux

Anne Hébert
Le temps sauvage *suivi de*
    La mercière assassinée *et de*
    Les invités au procès
Le torrent

Anne Hébert et Frank Scott
Dialogue sur la traduction.
    À propos du « Tombeau
    des rois »

Louis Hémon
Maria Chapdelaine

Nicole Houde
Les oiseaux
    de Saint-John Perse

Suzanne Jacob
La survie

Claude Jasmin
La sablière - Mario
Une duchesse à Ogunquit

Patrice Lacombe
La terre paternelle

Rina Lasnier
Mémoire sans jours

Félix Leclerc
Adagio
Allegro
Andante
Le calepin d'un flâneur
Carcajou ou le diable des bois
Cent chansons
Dialogues d'hommes
    et de bêtes
Le fou de l'île
Le hamac dans les voiles
Moi, mes souliers
Le p'tit bonheur
Pieds nus dans l'aube
Sonnez les matines

Michel Lord
Anthologie de la science-fiction
    québécoise contemporaine

Hugh MacLennan
Deux solitudes

Antonine Maillet
Le chemin Saint-Jacques
Les Cordes-de-Bois
Mariaagélas
Pélagie-la-Charrette
La Sagouine

Gilles Marcotte
Une littérature qui se fait

Frère Marie-Victorin
Croquis laurentiens

Claire Martin
Dans un gant de fer.
    La joue gauche
Dans un gant de fer.
    La joue droite
Doux-amer

Guylaine Massoutre
Itinéraires d'Hubert Aquin

Marshall McLuhan
Pour comprendre les médias

Émile Nelligan
Poésies complètes

Francine Noël
Maryse
Myriam première

Fernand Ouellette
Les actes retrouvés. Regards
    d'un poète

**Madeleine
Ouellette-Michalska**
La maison Trestler ou
    le 8ᵉ jour d'Amérique

Stanley Péan
La plage des songes
    et autres récits d'exil

Daniel Poliquin
La Côte de Sable
L'Obomsawin

Jacques Poulin
Le cœur de la baleine bleue
Faites de beaux rêves

Marie Provost
Des plantes qui guérissent

Jean-Jules Richard
Neuf jours de haine

Mordecai Richler
L'apprentissage
    de Duddy Kravitz
Rue Saint-Urbain

Jean Royer
Introduction
    à la poésie québécoise

Gabriel Sagard
Le grand voyage
    du pays des Hurons

Fernande Saint-Martin
Les fondements topologiques
    de la peinture
Structures de l'espace pictural

Félix-Antoine Savard
Menaud, maître-draveur

**Gordon Sheppard et
Andrée Yanacopoulo**
Signé Hubert Aquin

Jacques T.
De l'alcoolisme à la paix
    et à la sérénité

Jules-Paul Tardivel
Pour la patrie

Yves Thériault
Antoine et sa montagne
L'appelante
Ashini
Contes pour un homme seul
L'île introuvable
Kesten
Moi, Pierre Huneau
Le ru d'Ikoué
Le vendeur d'étolles

Lise Tremblay
L'hiver de pluie
La pêche blanche

Michel Tremblay
C't'à ton tour, Laura Cadieux
La cité dans l'œuf
Contes pour buveurs attardés
La duchesse et le roturier

Élise Turcotte
L'île de la Merci

Pierre Turgeon
Faire sa mort comme
    faire l'amour
La première personne
Un, deux, trois

Pierre Vadeboncoeur
La ligne du risque

Gilles Vigneault
Entre musique et poésie.
    40 ans de chansons

Paul Wyczynski
Émile Nelligan. Biographie

MEMBRE DE SCABRINI MEDIA

Québec, Canada
2003